Explodierende Kaninchen

Roman

Martin Murvogel

No bunnies were harmed in the making of this book.

ISBN: 978-3-200-09345-4
Coverfoto: Joachim Neumann/stock.adobe.com

Gutschein Klettersteig

„Hast du Höhenangst?“

Eigentlich nicht. Die Bandschlinge, die in meinen Sitzgurt *eingeschlauft* ist und einen Karabiner hält, der sich in das Stahlseil einhängen soll, das mit großen Schraubklemmen an Eisenstiften fixiert ist, die in unbekannter Länge in den Vulkanfels betoniert sind, wirkt auch recht neu. Dennoch überlege ich, ob ich dem Ergebnis der Zusammenarbeit von vielleicht unterbezahlten tschechischen Fabriksarbeitern und vielleicht überbezahlten italienischen Qualitätsmanagern vertrauen soll. Und dann musst du auch noch einkalkulieren, dass das Material, wahrscheinlich Nylon, irgendwo aus Asien herkommt. Außerdem sind es bei genauem Durchrechnen ziemlich viele Glieder, an denen beim geforderten Manöver meine Unversehrtheit hängt. Quasi eine Kette. Und Ketten sind schon wegen der Summierung der Gefahren jedes ihrer Glieder entgegen der Volksmeinung immer schwächer als das schwächste Glied.

„Nimm jetzt endlich den Karabiner und hänge ihn beim Seil ein. Du zitterst schon!“ Eva kann manchmal etwas forsch sein. Aber sie hat natürlich recht. Ich stehe hier schon ziemlich lange. Weil der Fels wirkt viel zu glatt für einen festen Tritt und ich konnte hören, dass die Kinder, die uns beim Zustieg überholten, damit prahlten, dass das der schwierigste Abschnitt des gesamten Klettersteiges ist. Eva meint, es sei nicht so schlimm und ich solle mich nicht an das Drahtseil klammern, sondern die Arme ausstrecken, das spare Kraft, und sie meint, ich solle die Bandschlinge mit Hilfe des *Rast*-Karabiners endlich in das Drahtseil hängen und mich dann nach hinten fallen lassen. Sie meint, ich könne mich dann ausruhen, physisch und mental, und ich könne mich dann so ausgeruht an das Wagnis dieser Querung machen (in Wahrheit vermeidet sie es, das Wort *Wagnis* vor mir zu sagen). Eva meint schließlich, ich solle mich ein bisschen beeilen, weil Kinder schnell im Felsen sind und der Klettersteig unterhalb der Riegersburg ein Rundkurs sei.

„Lass dir helfen, wir haben uns alle beim ersten Mal schwergetan." Eine Stimme hinter mir. Eine Frauenstimme. Sie greift zu meinem Karabiner und fixiert ihn an dem Seil aus Eisen. „Jetzt kannst du dich einfach in den Sitzgurt zurücksetzen bis die Bandschlinge festsitzt. Keine Angst, du hast ja auch noch die beiden Sicherungsarme vom Klettersteigset." Aufmunterndes Lächeln. Wunderschöne Frau.

Ich drücke mein Hinterteil vom Felsen weg in Richtung freien Fall und spüre, wie sich der Gurt um Po und Oberschenkel spannt. Die Konstruktion scheint zu halten! Ich strecke die Beine durch und spanne die Schlinge aufs Äußerste. Jetzt sitze ich richtig fest mit nichts als Zugluft unter mir in der Wand! Schnell und konsequent gehandelt, Maximalschaden abgewendet.

„Es sieht besser aus, wenn du jetzt auch noch zu klammern aufhörst!" Eva kann sich vor Lachen kaum noch halten. Für alle, die es nicht verstehen, streckt sie den Po wackelnd weit heraus.

Ich löse den Griff so schnell, dass ich, weil ich plötzlich rückwärtsfalle, fast über meine Mittelachse kippe. Fast hoffe ich, dass genau das passiert. Ich weiß aber, dass mich das nicht mehr retten würde. Jetzt hilft nur noch, dass tatsächlich etwas reißt. Ich stürze ab und bleibe schwer verletzt im Abhang unter uns in den alten Mauerresten hängen. Dann wäre ich nicht untragbar peinlich und feige, sondern sensibel und hätte das Unheil vorhergesehen.

Notiz: Lass niemals wieder zu, dass der Freundeskreis deine Freizeit plant. Vermeide also, dass du Geburtstag, eine Party und kein allseits bekanntes Hobby hast.

Eva hat wieder recht. Zumindest teilweise. *Physisch* lässt es sich in der Position richtig gut entspannen. Das Blut zirkuliert wieder durch fast alle Adern und der Schmerz in den Unterarmen ist von stechend über brennend bei ziehend angelangt (was ein geringer Preis dafür ist, dass man plötzlich Popeye-Muskeln hat). *Psychisch* hilft die Scham zwar gegen die Angst, das ist aber wenig hilfreich, weil sich beide in Gegenwart von Frauen vor allem als dummes Grinsen zeigen.

„Gut gemacht! Und mach dir nichts draus. Beim erstem Mal werden keine Haltungsnoten vergeben." Die schöne Frau lächelt, hakt ihren Karabiner ein und lässt sich neben mir in den Sitzgurt fallen. Gerader Oberkörper, gestreckte schlanke Beine. Haltungsnote 10 von 10.

„Es geht wahrscheinlich besser, wenn man nicht zu viel denkt." Wohingegen das Denken vor dem Sprechen manchmal hilft.

Die schöne Frau nimmt es mir nicht übel. Weiter breites Lächeln, Strahlen in den Augen, entspannte Haltung und alles so, als wäre unser Leben gerade jetzt besonders wunderbar.

„Das ist meistens so. Mir fallen jedenfalls auf die Schnelle viele sehr angenehme Dinge ein, die ohne Denken besser gehen." Sie sagt es, zwinkert und ich bin überzeugt, dass wir uns richtig gut verstehen.

„Kommt ihr heute noch?" Eva. Frostig. Kein wunderbares Leben, kein gedankenloses Glück. Dafür ein Fingerzeig in Richtung Kinder, die schon wieder fröhlich plaudernd in der Nähe sind.

Die schöne Frau sieht mich fragend an und bevor sie *Geht´s schon?* sagen kann, greife ich nach dem Stahlseil, klinke den

Rast-Karabiner aus und turne mit gefühlter Haltungsnote 8 den Quergang entlang.

Eva empfängt mich mit einem freundlich skeptischen Ausdruck. „Ich will gar nicht wissen, woher plötzlich diese Motivation kommt." Und zur schönen Frau: „Lea, wie hast du aus unserem Matthias so schnell einen Helden gemacht?"

„Lea?" Woher kennt Eva ihren Namen?

„Das bin *ich*!" Die schöne Frau wieder direkt hinter mir. „Ich bin heute bei euch mit dabei. Wir haben uns eigentlich schon beim Einstieg Hallo gesagt."

Ich habe beim Einstieg vielen Menschen ein Servus zugerufen. Quasi Alpinisten-Gruß. Ich dachte aber, alle wären für mich Fremde, weil meine Freunde (ausgenommen Eva) wie vereinbart oben bei der Ausstiegstelle im Burg-Biergarten auf uns warten. Kein Wort davon, dass eine Freundin von meiner alten Freund-Freundin mit uns kommt. Ich war freilich nicht ganz die Ruhe. Kann sein, dass ich sogar nervös war. Aber wie nervös muss man sein, dass man keinen Blick für eine Frau wie Lea hat?

„Lea ist ..." Evas Lippen scheinen dies und das zu sagen, ich höre aber nur die Bande kleiner Kinder, die sich plötzlich um uns drängt. Ein kleines Mädchen fixiert mich mit seinen großen Augen. Ich denke, wir sind im Weg und will mit ihm die Regeln klären, da zwängt es sich schon zwischen Fels und mich und zieht sich am Stahlseil vorbei nach oben. Es ruft „Vorne rum!" und schon kommen hinten nach die anderen. Bei Eva geht es „Hinten rum!", sie ist auch schmäler. Es ist frustrierend! Wir sind nicht einmal das kleinste Hindernis! Dabei steht beim Einstieg, dass im Steig das Überholen streng verboten ist. Leider ohne Piktogramm. Da darfst du dich nicht wundern, wenn dich überholt, was noch nicht richtig lesen kann.

Notiz: Wenn du einmal Kinder haben solltest, bring ihnen bei, dass auch Erwachsene verletzliche Geschöpfe sind.

Mit Eva *und* Lea zu klettern, macht viel mehr Spaß als nur mit Eva. Nichts gegen Eva. Ich kann sie richtig gut leiden. Wir sind seit der Schule Kumpel, irgendwann waren wir sogar zusammen, für ein paar Wochen, quasi pubertärer Zeitvertreib. Sie war wild, aufrührerisch und völlig durchgeknallt. Auf eine nette Art durchgeknallt, ein bisschen Juno-mäßig. Und dann musste sie leider gleich die erste kleine Welt verbessern, die ihr notgedrungen in die Quere kam … und wurde Lehrerin. Die Konsequenz: Sie hat schon mit ihrem ersten (und trotz Scheidung: einzigen) Mann entschieden, dass sie selbst keine Kinder will. Und es hat sich insgesamt ihr Ton verändert, was den Eifer zwar erhöht, aber der Freizeit ein wenig vom Vergnügen nehmen kann.

Lea ist da anders. Sie *ist* Vergnügen. Nicht: Sie ist *das* Vergnügen. Vergnügen ist ihr ganzes Wesen. Das merkst du sofort. Romy Schneider als Sissi. Da reichen zwanzig Minuten, du weißt, da blüht das Leben, da musst du nicht den ganzen Film bis zum Ende sehen. Und dann noch dieser Mund und diese Augen. Ein viel zu großer Mund, viel zu große, strahlend grüne Augen. Es ist so offensichtlich: Hier treffen sich Scarlett Johansson und Heike Makatsch in einer ganz normalen Grazerin. Keine Superheldin, kein Vamp, keine Diva, nichts, was die Kontaktaufnahme auch umgekehrt nur für Superhelden möglich macht. Einfach eine junge, furchtbar nette, wunderschöne Frau aus Graz, die mit mir an einem Stahlseil hängt, unter einer Burg, der Blick auf einen Teich in Herzchenform und auf einen freien Adler, der mit uns die kühle Luft an diesem warmen Frühlingstag genießt und seine Gedanken schon beim Nestbau hat.

„Matthias … Matthias! Wach auf!" Eva rüttelt mich an der Schulter. Sie hat meine Tagträume immer schon blöd gefunden. „Schau, dort! Ein Geier!"

Ein Geier also und kein Adler.

„Sicher aus der Greifvogelschau."

Also auch kein *freier* Adler.

„Du bist jetzt ja ziemlich entspannt." Bei Eva klingt das, als hätte ich gerade heimlich ein Pfeifchen geraucht.

„Ich finde es heute einfach schön."

„Du hast auch allen Grund dazu. Immerhin bist du dem Tod gerade noch einmal von der Schaufel gesprungen." Lea, mit einem wirklich süßen Grinsen.

„Und ich habe dabei neue, wunderbare Menschen kennengelernt." Ich grinse so gut es geht zurück.

„Weil du im Plural sprichst: Falls du die Rasselbande von vorhin meinst ... so wunderbar sind die nicht." Eva zeigt zu dem großen Felsvorsprung, der zum nächsten Abschnitt führt. Zwei Burschen haben ihren Rücken zur Wand gedreht und verwenden den Vorsprung johlend als Pinkelpodest. Die Mädchen sehen halb angeekelt, halb neidisch zu.

Ich lache. „Das sind Kinder ..."

Eva wirft mir einen strengen Blick zu. „Das sind *Buben* und *Mädchen*, die bald Haare in der Hose haben."

„Du meinst, sie sind schon in der Schule?"

„Jetzt hör´ mir auf, mein lieber Matthias. Die sind schon im Gymnasium."

Na so etwas! Wäre Eva keine Lehrerin, ich würde es nicht glauben. Die brauchen gar kein Piktogramm!

„Es sieht trotzdem so aus, als müssten sie noch einiges lernen." Lea deutet lachend auf die kreischende Szene. Der Geier hat kurz in deren Richtung abgedreht und auch der sehr junge Mann tut, was Mann instinktiv tun muss, wenn *ihm* ein Vogel allzu nahekommt. Und Mann weiß, dass es nie gut ausgeht, wenn man versteckt, was noch seine Arbeit macht.

Notiz: Wenn du dich weit hinauswagst, ist es besser, wenn du mit dem Schlimmsten planst.

„Wie kommt es, dass dir deine Freunde eine Klettertour schenken, wenn du ..." Lea überlegt. Ihr Gesichtsausdruck dabei immer fröhlich, vielleicht auch ein bisschen schelmisch, aber Grundstimmung fröhlich.

„Meinst du, weil ich doch nicht gerade der sportliche Typ auf der Suche nach Abenteuern bin?" Ich keuche demonstrativ, bin aber auch froh, dass ich einmal richtig keuchen darf. Ich habe nämlich dafür gestimmt, dass wir noch eine Route gehen, und da ich ja der Gutscheininhaber bin, sind wir runter zur Friedrichshöhle, quer bis zur Galerie, hoch zur Brücke und jetzt bald wieder zum Ausgangspunkt zurück. Kurz: Ich spüre, dass ich bald am Ende meiner Kräfte bin.

„Ich vermute, der sportliche Abenteuertyp teilt den Klettersteig auch nicht so gerne mit Kindern.“ Lea grinst. „Ich wollte sagen: Wie kommt es, dass dir deine Freunde eine Klettertour schenken, wenn du damit auf den ersten Blick nicht so toll viel Freude hast?“

„Doch, habe ich. Eine *Mordsgaudi* …“ Selbstmordsgaudi eigentlich, aber erstens ist Eva wahrscheinlich schuld daran, hört mit und man will nicht undankbar sein und zweitens ist das Gefühl sehr wankelmütig und mit der richtigen Begleitung ist alles doch noch ein Riesenspaß inklusive Hochgefühl.

„Pass auf mein Lieber …“ Strenger Ton der Lehrerin. „Du hättest dir selbst was wünschen können. Und: Deine Freunde wollen dir *unvergessliche Momente* schenken! Die kriegst du nicht, wenn wir mit dir in ein Museum fahren …“

Anders ausgedrückt: Ich wollte *ausdrücklich* keine Geschenke, weil ich nichts brauche, wenn ich ins Museum kann.

„Das hier ist also der verzweifelte Versuch deines noch nicht an dir verzweifelten Umfeldes, dich aus deinem Trott zu reißen?“ Lea sagt es mit einem netten Augenzwinkern.

„Vielleicht ist es auch die Rache dafür, dass ich immer Kunstwerke verschenke …“ Es könnte tatsächlich sein, dass ich es damit als Händler von Kunst etwas übertrieben habe. „Aber jeder schenkt eben, was er selbst am liebsten mag.“

Lea lacht. „Damit ich das richtig verstehe: Du hast den Jungs, die da oben im Biergarten auf uns warten und dabei wahrscheinlich gerade darüber philosophieren, welcher Fußballclub zu Wienerschnitzel passt, echte Kunst geschenkt?“

„Ich würde sagen, jeder hat zumindest einen signierten Druck oder ein seltenes Plakat.“ Erich hat auch eine kleine Skulptur und außerdem: Die Frage, welcher Fußballclub zu Wienerschnitzel passt, die hat schon was.

Lea: „Ihr seid dann ja fast schon eine Familie. Zumindest in meiner geht das seit meiner Kindheit so: Jedes Geschenk meiner Tanten ist ein Hinweis darauf, was mir ihrer Ansicht nach noch fehlt. Als Mensch, nicht im Sinne *was die Bank noch braucht.*"

„Was für Tanten! Das heißt *keine* Geschenke, seit vielen langen Jahren?"

Lea lächelt. Ich rutsche aus. Eva fängt mich.

„Ich denke, Lea hat es drastisch beschrieben, aber auf den Punkt gebracht. Wie letztlich auch Joachim Ringelnatz." Kein Wort von Eva dazu, dass sie mich gerade vor einem Sturz bewahrt hat. Die Aufsichtsperson hat getan, was notwendig war. Jetzt geht es um Joachim Ringelnatz. Eva räuspert sich. „Schenke herzlich und frei / Schenke dabei / Was in dir wohnt / An Meinung, Geschmack und Humor / So dass die eigene Freude zuvor / Dich reichlich belohnt." Noch ein Räuspern. „Schenke mit Geist ohne List / Sei eingedenk, / Dass dein Geschenk / Du selber bist."

Eva, Lea und ich im Stahlseil. Zwischen uns der Ringelnatz. Wenn uns jemand filmt, ist das Performance. Wenn nicht, ist es Kunst, wenn man es dazu macht.

„Das ist Kunst," murmle ich.

Lea lacht.

Notiz: Wenn jeder schenkt, was er selbst am liebsten mag, ist am Ende viel am falschen Platz.

„Ein Sturz am Klettersteig ist meist mit schweren Verletzungen verbunden und unbedingt zu vermeiden" (Zitat aus einem Internetbeitrag zur *Unfallgefahr auf Klettersteigen*). Wenn du also schon zwei Stunden kletterst, es gerade erst Mittag und der Klettersteig ostwärts, also sonnseitig ausgerichtet ist und du ohnehin nicht besonders sportlich und daher verschwitzt, müde und ausgelaugt bist, ist es eine Torheit, wenn du, endlich beim Ausstieg angelangt, meinst, dass du ruhig auch noch ein bisschen in der Wand verbleiben kannst. Andererseits hat Lea vorgeschlagen, dass man den über dem Klettersteig, direkt beim Ausstieg gelegenen Biergarten der Burg auch dafür nützen kann, dass einem die Freunde heimlich drei Bierflaschen über die Mauer reichen, sodass man noch zu dritt das Gefühl grenzenloser Freiheit ohne Durst genießen kann. Natürlich hast du da am Anfang noch deine Zweifel, weil du dich schon früher beim bloßen Anblick des Aussichtsbankerls in der Wand gefragt hast, wieso ein Mensch dort sitzen mag. Wie dann aber wieder diese Kindesbande vor dir auftaucht und sieht, was man vorhat, und den Kopf schüttelt und was von *peinlichen Erwachsenen* sagt, findest du an deiner Verwegenheit Gefallen. Und dann kommt auch noch Lea zu dir, stoßt mit dir an und gibt dir dazu ein Busserl auf die Wange und du wünschst dir plötzlich, du wärst in der Eiger Nordwand und sie mit dir und sie gesteht, dass sie dich braucht, weil sie ihren eigenen Biwaksack für die Nacht verschustert hat.

„Man gewöhnt sich unglaublich schnell an die Höhe, gell?" - Lea. Ich kann *gell* eigentlich nicht leiden, bei Lea klingt es aber nett.

Ich nicke. Es stimmt ja auch. Ich gewöhne mich an den krampfenden Magen und den riesengroßen Kloß im Hals. Leider weiß ich inzwischen, warum jemand auf dem Aussichtsbankerl sitzen mag. *Wir* haben es nämlich nicht dorthin zurückgeschafft - zu viel Gegenverkehr und das Verbot des Richtungswechsels, sogar mit Piktogramm - und sitzen jetzt auf einem leicht abfallenden Felsvorsprung in der Hoffnung, dass die Reibung zwischen Hosenstoff und Felsen mehr als die Schwerkraft kann. Eigentlich unvorstellbar, dass schon im Mittelalter in dieser Höhe eine Burg erbaut wurde. Noch unvorstellbarer, dass Menschen auf die Idee kamen, solche Mauern zu überwinden.

„Ich würde nie im Leben eine Burg erstürmen."

„Das verlangt niemand von dir." Lea sagt es richtig liebevoll. „Wahrscheinlich hätten sie das vor sagen wir einmal 500 Jahren auch nicht von dir verlangt."

„Meinst du?"

„Lea hat recht. Ich kann auch vor 500 Jahren keinen Landsknecht in dir sehen. Und schon gar keinen brandschatzenden Türken." Eva sagt es nicht so liebevoll.

„Korrekt sagt man *Osmanen*." Ich weiß nicht, ob ich gekränkt sein soll, immerhin habe ich angefangen. „Ich glaube aber nicht, dass die Armeen früher nur aus handverlesenen Kampfmaschinen bestanden haben."

Eva grübelt. „Das stimmt, mein lieber Matthias. Vielleicht haben sie sogar Galeristen gesucht. Jede Armee braucht ja jemanden, der das heiße Teer abbekommt."

„Du bist grausam, Eva." Lea sieht mich mitleidig an. „Warum gleich jeden opfern, der nicht kämpfen kann. Matthias könnte auch als Berater des Sultans den Wert der Beute schätzen."

Lea meint es nett, aber … „Warum geht ihr automatisch davon aus, dass ich auch vor 500 Jahren nicht kämpfen kann??"

„Weil Evolution Zeit braucht?" Eva.

Lea lacht. Beide stoßen an.

„Wäre ich vor 500 Jahren erzogen worden, wäre ich vielleicht richtig wild darauf, anderen Menschen die Schädel einzuschlagen." Also wirklich!

„Ja, darauf stehen Frauen: Männer, die wild darauf sind, anderen die Schädel einzuschlagen."

Stimmt, jetzt wo Lea es sagt, hört es sich nicht so toll an. Ein Glück, dass sie noch lächelt.

„Ich meine, das alles ist auch eine Frage der Erziehung und der persönlichen Erfahrungen. Ihr könnt euch mich nur deswegen nicht als Krieger vorstellen, weil ich gewaltfrei, humanistisch und pazifistisch erzogen wurde und mir außerdem das Leben hold war."

„Und darüber sind wir froh. Aber glaube mir als Biologin, es gibt auch in der Tierwelt fast überall ein breites Spektrum von angeborenen Eigenschaften."

Was will mir Eva sagen?

„Bei fast jeder Art zeigen sich von Geburt an eher draufgängerische und eher ängstliche Naturen. Und glaub mir: Wenn die ängstlichen nicht gezwungen werden, kommen sie nicht auf die Idee, eine Burg im Sturm zu nehmen."

„Ich bin also eine ängstliche Natur …?"

„Eher ängstlich …" Eva sagt es als Lehrerin. Null Gefühl für die soziale Konsequenz. Haudrauf vor der ganzen Klasse.

„Ich finde, Matthias war heute sehr mutig. Er ist immerhin das erste Mal in einem Klettergarten." Danke, liebe Lea, es wäre jetzt noch toll, wenn es nicht ganz so nach Kleinkind-pädagogik klingen würde.

„Auch ängstliche Männchen wollen imponieren. Matthias war nicht mutig. Es ist Frühling und ein Weibchen in seiner Nähe ist neu für ihn. Lea, du hast ihn kalt erwischt. Er hätte auch seinen Kopf gegen die Wand geschlagen, wenn er gedacht hätte, dass Frauchen das will."

Warum? Warum ist Eva jetzt so bissig? Und warum bin ich der Feigling, obwohl ich Bier auf einem Felsen trinke, der definitiv kein offizieller Rastplatz ist und das vielleicht aus gutem Grund. Da kann man fast schon wütend werden.

„Ich bin in deinen Augen also ein Angsthase, ein *geiler* Angsthase, nur weil ich mich nicht gleich beim ersten Mal ohne Nachzudenken in eine schlecht verschweißte Nylon-schlinge fallen lasse?" Ich werde wütend. Eva neigt den Kopf und versprüht Bedauern plus Überlegenheit, heißt, sie legt wortlos richtig Zunder nach. „Oh verzeih bitte, du hast mir ja gesagt, dass an dieser Schlinge ein *Rast*-Karabiner hängt. Wenn etwas so schön heißt, ist es für den *mutigen* Mann sicher über jeden Verdacht erhaben."

„Warum will nur jeder Junge mutig sein?" Eva schüttelt den Kopf in ihrer von Geschlechterrollen befreiten Welt. Mein Gott! Sie ist Lehrerin! Sie weiß, was Mädchen mit sensiblen Burschen machen!

„Weil nicht jeder Junge ängstlich ist! Was ist mit den anderen? Die sitzen im Biergarten und nicht hier mit uns in der Kletterwand! Sind nun alle meine Freunde Hasenfüße?"

„Simon wollte eigentlich nur nicht mit, weil er lieber *richtig* Klettern geht." Lea. Kein Spott, einfach trocken festgestellt. Eva kann sich trotzdem kaum noch vor Lachen halten.

„Gut, ich nehme zur Kenntnis, dass ich ein Feigling bin, weil ich einem ausgewiesenen *Rast*-Karabiner nicht blind vertraue." Ich stehe auf und sehe furchtlos in die Tiefe. Zwei Karabiner klackern auf Kopfhöhe im Stahlseil. Ich weiß, die zwei Sicherungsarme meines Klettersteigsets sind keine feste

Bandschlinge, ich bin aber keine neunzig Kilo schwer, sie sollten also halten.

„Matthias, was machst du da?!" Eva greift nach mir, ich gehe einen Schritt zur Seite.

„Na dann..." Wenn ich jetzt zu lange überlege, geht der Effekt verloren. Mutig ist man, wenn man nicht alles bis ins Kleinste checkt. Ich lasse mich rückwärts in die Seile fallen.

Notiz: Wenn man sich abrupt in die Sicherungsseile fallen lässt, wird die eingebaute Bremse gelöst und die Seile werden viel zu lang. Ein Sturz ist unausweichlich.

Es gibt Momente, da wünschst du dir, dass deine leichte Gehirnerschütterung ein schweres Schädel-Hirn-Trauma ist. Keine Chance auf Erinnerung, das wäre schön. Für den Anfang wäre es auch mit Narkotika getan.

Es ist richtig schlimm. Es ist so schlimm, dass selbst Eva nicht mehr grinst. Dabei kann ich ihr keinen Vorwurf machen. Sie wollte mich noch vor Ort, ohne Hilfe, nur mit Lea retten. Die Bergrettung wurde ganz ohne uns, wahrscheinlich über Facebook alarmiert: *#Trottel im Kinderklettergarten* ... Dann großer Einsatz, Bergung aus dem Felsen, quasi Volksfest auf der Burg, öffentliche Erstversorgung, Verarztung ohne Sichtschutzwand. Da kriegt sogar Likes, wer sonst keine Freunde hat. Am Anfang bei den Rettern wenigstens noch großes Mitgefühl. Dann haben die kleinen Petzen überall herumerzählt, dass wir literweise Gösser intus hatten. Jetzt werden die Wunden am Knie gerade noch aus Pflicht genäht. Wenn ich einmal leise stöhne, kommt von ringsum ein gehässiges Gemurmel.

„Ich kann allen erzählen, dass das Bier alkoholfrei war." Lea. Sie hockt vor mir und schenkt mir gegen den allgemeinen Trend ein herzzerreißend schönes Lächeln. „Oder ich schwöre, dass Eva alles ohne uns ausgetrunken hat." Sie sagt es augenzwinkernd so, dass Eva es auch hören kann.

Der Mann von der Bergrettung hat es auch gehört. Ein böser Blick in Richtung Lea. „Sie sollten darüber keine Witze machen. Ihr Verhalten ist unverantwortlich."

Lea sieht ihn mit großen Augen an. „*Ein* Bier! Damit darfst du Porsche fahren!"

Der Bergretter bleibt ungerührt. „Alles kein Problem, wenn man Porsche fahren kann."

Lea verdreht die Augen.

Jetzt tauchen auch noch Simon, Erich, Tamara und Petra, Peter und der Herr Dietmar auf. Die sechs tragen neun Krügerl und sehen nicht so aus, als hätten sie davor noch keins getrunken. Herr Dietmar pflanzt sich vor der Meute auf und ist fest entschlossen, die Versammlung aufzulösen und wieder auf ihre Tische zu verteilen. *Wenn die Herrschaften sich wieder um ihr Schnitzel kümmern würden. Genug gesehen! Und bitte seien Sie Kavaliere und vergessen Sie Ihre Damen nicht.* Die anderen verteilen ihren Überschuss an Eva, an Lea und an meine Überreste.

Lea bietet ihr Bier dem Bergretter an. „Es ist erst Mittag und wie du weißt, habe ich schon *ein* Bier getrunken." Sie lächelt so, dass der Mann nicht nein sagen kann. Außerdem hat das Bier noch Schaum, er ist Österreicher und der Tag ist warm.

„Es tut mir leid, ist blöd gelaufen …" Ich sage es zu Lea, zum Bergretter, zu Eva und zu allen.

„Es war sehr eindrucksvoll. Wenn ich in einem hohen Turm gefangen wäre, ich würde nach dir fragen." Lea lacht. Ihre Augen strahlen. Ich überlege, wo ein Turm steht, in den man Frauen sperren kann.

Simon kommt zu uns, stoßt mit mir und dem Bergretter an. „Wenn ich gewusst hätte, was für ein Spaß das heute wird, ich hätte euch niemals alleine gehen lassen."

Der Bergretter prostet seufzend zurück. „Danke! Es ist immer ein Riesenspaß, wenn man am Wochenende kein Essen mit der Familie hat …"

„War auch eher an meinen alten Freund gerichtet." Simon klopft dem Bergretter anerkennend auf die Schulter. Es ist faszinierend. Er kann so gut mit Menschen. Das war schon immer so. Ich glaube, das liegt daran, dass er Menschen wirklich mag. Es ist schön, ihn zum Freund zu haben.

„Wenn du dabei gewesen wärst, hätten wir den *Spaß* wahrscheinlich gar nicht gehabt.“ Es ist wahr. Simon hätte sich vor mich gestellt und bezeugt, dass ich niemals feige war.

„Hat dich Eva wieder provoziert?“ Simon grinst. Er kennt Eva und er kennt mich.

„Gar nicht. Er wollte Lea beweisen, dass er vor 500 Jahren ein furchtloser Krieger war.“ Eva kann es nicht lassen.

Simon lacht. „Hast du die Burg angegriffen oder verteidigt?“ Wir sind wirklich alte Freunde.

„Er hat gezeigt, dass er beides kann.“ Lea lächelt. Zuerst zu mir, dann zu Simon.

Simon kommt Lea näher. „Das ist schön, dass ich so draufgängerische Freunde habe. Dann kann ich mich mit dir verstecken und das Leben genießen.“

Simon kommt Lea viel zu nahe.

Lea sieht auf.

Simon küsst Lea.

Lea küsst Simon.

Es wirkt wie selbstverständlich.

Nachricht an Matthias: Lea und Simon sind ein Paar.

Richtig gute Freunde sind sich nichts neidig. Was den einen freut, freut auch den anderen.

Simon meinte, es sollte eine Überraschung sein. Keine große Sache, einfach einmal eine Antwort auf die obligate *Was gibt's Neues*-Frage. Und weil bei dem ganzen Remmidemmi keiner fragt, hat Simon es halt so gesagt. Das war´s dann schon. Man staunt, man gratuliert, man betont, sie sind ein schönes Paar. Das ganze nochmals, wenn sie nicht dabei ist, also wenn man unter sich ist und die Wahrheit sagt.

Dabei hat es, wenn du komplett ehrlich zu dir bist, schon ziemlich weh getan. Im ersten Augenblick war es dann fast ein Segen, dass du auch außen blutest und du deinen bleichen Zinken auf die frisch genähte Wunde schieben kannst. Zum Glück haben sich alle täuschen lassen. Nur Eva war verwirrt, weil sie gespürt hat, dass ich damit nicht gerechnet habe, selbst aber dachte, sie habe mir das mit Simon schon nach der schweren Querung im Klettersteig gesagt. Ich glaube ihr und wette, dass diese Bagage von Minderjährigen mich abgelenkt und letztlich Schuld an dem Schlamassel hat.

Insgesamt also auf der Riegersburg die Zeichen eher in Richtung dunkler Stunden, hätte nicht der liebe Gott exakt für solche Fälle das Backhendl mitsamt dem Bier erfunden ... und die lieben Freunde, die auch die Welt am liebsten durch das Panierte sehen. Es wird also noch gescherzt, gelacht, viel gegessen, noch mehr getrunken und du kannst dich trotz der Wunden nicht beschweren. Der Tag ist, die Querelen eingerechnet, alles in allem sehr gelungen.

Nur mit Lea weiß ich nicht mehr umzugehen.

Notiz: Auch eine irrtümlich freigesetzte Schwärmerei lässt sich nicht mehr einfach an die Leine legen.

Eva

„Fünf schlechte Nähte für eine Demonstration der Männlichkeit."

Eva sagt es immer, wenn sie meine Wunden pflegt. Ich könnte es auch selber tun, aber Eva besteht darauf, weil ein Gutschein angeblich alles inkludiert, was das Geschenk zur Folge hat. Das sei mir nicht bewusst gewesen, habe ich erwidert, ich hätte bei den Gutscheinen für meine Freunde immer nur fürs Verpackte mitgezahlt. Es hat nicht geholfen, Eva besucht mich derzeit jeden Tag.

Dabei fällt mir wieder auf, was ich an Eva mag.

Drei Dinge, die ich an Eva mag:
Ihre Ehrlichkeit.
Ihren Verstand.
Ihre Kochkunst - es ist alles wirklich köstlich.

Andererseits reicht der Lehrerin die Schule nicht, sie macht sich die ganze Welt zum Klassenzimmer. Sie ignoriert, dass es Menschen geben könnte, die andere Dinge mögen als sie selbst. Sie redet unbekümmert weiter, auch wenn im Radio eine Stimme redet. Ihre Kochkunst ist immer *Kunst*. Und ihr

Verhältnis zum Umweltschutz basiert auf der Idee, dass alles besser wird, wenn es andere endlich besser machen.

Eva fordert mich auf, die Hose auszuziehen.

Ich habe vorgesorgt und eine meiner fast neuen Unterhosen an.

Es ist jetzt eine Woche her und beide Beine sind gut abgeschwollen. Farblich sind wir jetzt bei Aubergine, räumlich schon beim Fußgelenk. Eva reibt die verfärbten Flächen sanft mit einer Salbe ein, die Nähte bleiben ausgespart. Dann wird der Rest massiert, *damit alles gut durchblutet bleibt.*

Eva hat sich vor der Massage umgezogen. Ein schlichtes, beiges Tuch zu einer Tunika gebunden. Das ist neu. Neu ist auch, dass Eva ihrem iPhone im Befehlston klarmacht, dass es *Jazz entspannend* zu spielen hat. Ich soll meine Augen schließen. Weil der Jazz so gut entspannt, muss man mir das nicht extra sagen.

Eine Frau singt von vorgeblich wahrer Liebe, das Piano verziert die Stimme, der Drummer tauscht die Sticks gegen Besen ein. Ich verrühre seinen Rhythmus mit Evas kreisenden Bewegungen. Sie hat heute dort begonnen, wo zuletzt das Ende war und ist jetzt von den Zehen über Rist und Sohlen bei den Oberschenkeln angelangt. Ihre Fingerspitzen durchziehen das Fleisch mit festem Druck, dir entkommt ein leises Stöhnen, die Kreise werden größer. Und dann kommt der Moment, in dem du das Schicksal lenken kannst. Aber im Grunde hat der Oberschenkel keine fixe Grenze und es rächt sich außerdem, dass du als Mann nie den Rückzug planst.

Notiz: Verletzungen unterhalb der Hüfte stehen einem erotischen Abenteuer nicht unbedingt im Weg.

Die zehn Minuten danach sind an und für sich heilig. Gegen das Gähnen kannst du nichts machen, das ist hormonell gesteuert. Davon abgesehen ist es aber schon ein Akt der Höflichkeit, dass du noch ein bisschen liegenbleibst und dabei zeigst, dass ihr Körper auch danach noch schön ist, also das Licht trotz postkoitaler Ernüchterung weiter warm und behaglich auf sie scheint. Wobei *zehn Minuten* ist keine Cäsium-Einheit. Wenn du auf die Uhr schaust, wäre es ja auch das Gegenteil von dem, was du ihr vermitteln magst. Gefühlt ist es ungefähr die Wartezeit von einer bis zur nächsten Straßenbahn. Und weil es quasi als Dankeschön gedacht ist, kann *sie* selbstverständlich immer verkürzen, zehn Minuten also nur, wenn sie es genießt oder wenigstens nichts in Richtung Ende sagt.

Eva sagt nichts. Sie hat sich fest an dich geschmiegt, Atmung sehr entspannt. Mein Handy summt. Du stehst noch komplett alleine an der Haltestelle. Gar nicht daran denken. Es summt wieder. Ich gebe vor, es nicht gehört zu haben. Ich streichle Evas Rücken. Mit den Fingerspitzen auf und nieder. Es summt ein drittes Mal. *Geh schon ran.* Eva sagt es, bleibt aber auf und an mir liegen. Das ist kniffelig. Vielleicht denkt Eva, dass ich einfach so mit einem Handgriff zum Handy komme. Keine Chance. Wir sind auf der Couch, das Handy blinkt am Boden. Wenn ich Arm und Fingerspitzen strecke, kann ich den Teppich berühren. Es reicht nicht. Zum Handy komme ich nur, wenn ich mich drehe. Ich sehe mich als MacGyver um. Ich könnte aus dem Band, das die Tunika nicht gehalten hat, ein Lasso basteln. Oder ich kippe die Stehlampe um und verwende sie als Stab. Wenn ich superstarke Finger hätte, könnte ich den Teppich mitsamt der schweren Truhe zu mir ziehen. Ich versuche es mit dem Band der Tunika und binde eine große Schlaufe in das Ende. Mit einer Hand! Was du gestern noch für unmöglich hieltest, hast du damit heute schon getan. Jetzt das Lasso werfen.

„Du glaubst doch nicht wirklich, dass du das schaffst." Eva hebt den Kopf. Ihr Blick setzt das Rufzeichen hinter den unabsichtlich zu liebevoll ausgesprochenen Satz. Sie streckt sich in Richtung Teppich und drückt mir das Handy in die Hand. Ich überlege, es wieder auf den Teppich zu werfen, warte dann aber doch noch brav auf die Straßenbahn. Außerdem ist der WhatsApp-Signalton längst Bestandteil des Nervensystems und ein Dutzend namenlosere Rezeptoren können die Spannung kaum noch ertragen.

HI! Wie geht's dem furchtlosen Ritter? Noch im Lazarett oder schon bereit für den nächsten Glücksmoment? #LazarettOderLanze #NächsteHeldentatWartet

„Von Lea." Tonfall *Es regnet.*

„Lea hat deine Telefonnummer?" Tonfall *Haben sie denn Regen angesagt?*

„Sicher von Simon." *Ein bisschen Regen schon.*

„Was will sie denn?" *Gewitter auch?*

„Sie fragt, ob es mir schon besser geht." *Soweit ich weiß, nur Regen.*

„Das ist alles?" *Sicher kein Gewitter?*

„Ich glaube, Simon will wissen, ob ich schon fit genug für den nächsten Gutschein bin." *Gewitter lassen sich im Sommer ja nie ganz ausschließen.*

„Du glaubst?" *Hast du dir die Wettervorhersage überhaupt angesehen?*

„Es ist ein bisschen kryptisch ..." *Nur nebenbei ...*

„Das lässt sich offenbar nicht ganz vermeiden, wenn man für jemand anderen anfragt." *Anscheinend nur zur Hälfte. Ich bin mir sicher, dafür ist deine Quelle die Sonne selbst gewesen ...*

Eva setzt sich in den Schneidersitz auf und greift nach dem Glas Wasser am Couchtisch. Sie nimmt einen kräftigen Schluck. Das ist der Moment, in dem sich die Frau im Film eine Zigarette *danach* anzündet und einen kräftigen Lungenzug nimmt. Aber heute raucht ja niemand mehr.

Notiz: Wird von der Freundin entspannender Jazz gestreamt, solltest du dein Mobilgerät auf lautlos stellen.

Meine Freunde interessieren sich für Sport, Motoren, aktive Freizeitgestaltung, Whisky, Barbecue und Bier. Ich interessiere mich für zeitgenössische Kunst. Das geht schon recht lange gut. Ich habe mich zuerst gewundert, heute weiß ich: Alte Freundschaften brauchen keine Schnittmengen der Hobbys. Sie können auch dann überdauern, wenn die Freude an der Eigenart der einst durch äußere Umstände Verbundenen erhalten bleibt. Unser initialer Klebstoff war die Schule. Seither sind für mich die Freunde die Verbindung zu einer Welt, die sich ohne sie vor mir verborgen hielte. Umgekehrt bin ich wohl der skurrile Sonderling, mit dem man fast normal reden kann, *obwohl* er Kunst zu Schrott und Abfall sagt. Das Problem: Wir können es nicht einfach dabei belassen. Ich will die Kumpels wenigstens zu plakativer Kunst verführen und sie versuchen unermüdlich, mich in ihre laute und grelle Welt zu stoßen. Treffpunkt Whaam! à la Roy Lichtenstein, nur will ich ins Museum und die anderen wollen in das Flugzeug steigen.

Ich hätte mir daher natürlich denken können, dass meine Einladung zur Geburtstagsfeier *Bitte ohne Geschenke* nicht ohne Folgen bleibt. Das kommt davon, wenn man mit den Freunden keine Rechnung offen hat. Bei Herrn Dietmar war das anders. Ihm wollte zu seinem Runden niemand etwas schenken. Seine Einladung war unausgesprochen eine Entschuldigung. Ich hätte also zumindest im letzten Jahr mehr trinken und gerecht verteilt alle meine Bekannten, deren Ehefrauen, Nachbarn und Verwandten beleidigen sollen. Habe ich aber nicht. Und einen anderen Weg, Präsenten zu entkommen, gibt es unter Freunden nicht. Eine Abendgesellschaft ohne Opfergaben ist wie ein Unfall, bei dem keiner hilft. Es bringt gefühlt die Dinge aus dem Gleichgewicht. Und das wird im Alter schlimmer. Nicht, weil die Chancen für eine Revanche im Angesicht des nahen Todes sinken. So nahe ist das Ende nicht. Es liegt am Gefangenendilemma: Würde sich jeder an die Vorgaben des Gastgebers halten, läge es tatsächlich an diesem, die Regeln zu definieren. Alle wären glücklich. Bei den ersten spontanen Jugendpartys klappt das auch noch: *Habe alles* oder *Jeder bringt was mit*. Dann geraten die Ersten unter den schlechten Einfluss ihrer Eltern und das Vertrauen ist dahin. Jetzt werden die Weinflaschen wie Spielkarten zwischen den Haushalten hin- und hergeschoben und es ist bald leichter, eine große Feier zu organisieren als dafür das passende Geschenk zu finden.

Jetzt habe ich sie also, die *Gutscheinbox für unvergessliche Momente*. Sie ist eine Schachtel, die ihre Fabrik offenbar nicht als Gutscheinbox verlassen hat. Wahrscheinlich war sie ursprünglich für eine Uhr oder ein Schmuckstück gedacht, ist daher handlich. Ihre neue Bestimmung ist auf Buntpapier gedruckt und klebt am Deckel, ihre Seitenwände umhüllt ein breites grünes Band. Insgesamt überwiegt die Botschaft, es kommt auf den Inhalt und nicht auf die Verpackung an.

Liebe Lea! Danke für die Nachfrage. Als Ritter habe ich ausgedient. Ich komme weder in eine Rüstung hinein noch auf ein Ross hinauf. Botschaft an Simon: meine Glücksmomente finden in nächster Zeit zu Hause statt. #RitterlicheReha #BadewannenAbenteuer

Simon fragt, ob du wenigstens noch sitzen kannst? #ThronStattRoss

Sitzen geht. #RitterAmRasten

Simon sagt, dass du damit „voll dabei bist“. Simon sagt, halte dir nächsten Samstag frei. #GutscheinGaudi

Haltet EUCH nächsten Samstag frei, sagt Simon. #GemeinsameGutscheinGaudi

„Was sagt Lea?“ Eva, nach wie vor im Schneidersitz. Vielleicht auch Sukhasana. Bei Eva sieht Yoga aber immer wie ein Sport aus Deutschland aus.

„Gute Frage. Lea sagt eigentlich nichts. Sie schreibt nur, dass ‚Simon sagt‘.“

„Was soll das denn? Ist sie Simons Puppe? Frag sie doch, ob sie auch schon Simons Wäsche macht.“

Eva fragt, ob du auch schon Simons Wäsche machst. #Waschenputtel

Schön, dass endlich einer fragt! Lieben Gruß an Eva! Auch von Simon #DoppelteGrüße

Und nein, keine Unterwerfung. Ich muss für Simon texten, weil Simon den Steuerknüppel in den Händen hat. Wir üben schon für Samstag. Ich spiele dich … #PilotenAssistentin #ErsatzMatthias

Ich will davon gar nichts wissen. #Flugangst

Kann ich verstehen. Ich bin eigentlich auch dagegen. Aber es macht Spaß! #EigentlichBodenständig #Flugscham

Ich denke darüber nach und mir wird schlecht. Eva sagt etwas, ich kann es aber nur noch wie aus der Ferne hören ... *erst jetzt realisiert? Du bist … weiß.* Sie legt sich zu mir und meinen Kopf auf ihren Busen. Sie krault mein Haar. Ich stöhne. Mein Genick schmerzt in dieser Stellung. Eva zieht zur Strafe an meinem Ohr. Ich stöhne lauter. Nicht nur, weil es richtig heftig brennt. Ich stöhne lauter, weil ich im Grunde schreien mag. Es ist aber weit nach 21.00, wir sind im dritten Stock im Altbau, das Fenster ist zum Hof hin offen und ich bin noch immer nackt.

Notiz: Das Stöhnen ist der stumme Schrei des Selbstmitleids.
Es ähnelt leider einem schlechten Räuspern:
Das Unbehagen bleibt im Hals.

Gutschein Segelflug

„Ein Sarg mit einer richtig tollen Aussicht!" Simon lacht. Mir ist es ernst. In dem engen Sitz des Segelfliegers *fühlt es sich an wie in einem Sarg*. Lebendig in einem Sarg mit transparentem Deckel. Ein Dornröschensarg mit Flügeln! Dornröschen im ersten Jahr von Hundert. Dabei, wenn du einmal oben bist, hilft nicht einmal ein Prinz. Dann ist es gleich, ob rundherum Dornendickicht, dunkle Erde oder eine *tolle Aussicht* ist.

Simon lässt sich hinter mir in den Sitz gleiten und schließt die Kabinenhaube. Er betont es erneut: *Es kann gar nichts passieren.* Ich taste nach meinem Fallschirm. Auch Simon hat einen. Meint er das inklusive oder exklusive? Wenn der Fallschirm nicht nur teure Zierde ist, muss es *inklusive* sein. Dann ist das alles aber reiner Wahnsinn, weil schon jeder Charterflug ist per se nicht sicher und da gibt es keine Fallschirmpflicht. Simon ist es egal. Er erklärt mir die Fußpedale (rechts und links) und den Steuerknüppel (rechts und links *und* rauf und runter). *Wenn nichts passiert,* bräuchte ich alles aber gar nicht, meint Simon, weil er den Flieger mit seinen Pedalen, die mit meinen verbunden sind, und seinem Knüppel, der mit meinem verbunden ist, lenken werde. *Wenn (!) nichts passiert ...*

Das Motorflugzeug startet. Es ruckelt. Das Abschleppseil bleibt leider wie geplant an unserem Flieger hängen und unser Segelflieger macht dem Motorflugzeug von jetzt an alles nach. Das Motorflugzeug rast über die grüne Startbahn, wir rasen gleich dahinter. Es hebt ab, ich drücke mich nach unten, kann es aber nicht verhindern. Ich könnte den Steuerknüppel nach vorne legen, weiß aber nicht, wie man dieses Abschleppseil kappt. Ich beschließe, den Blick von meiner Zukunft abzuwenden und konzentriere mich auf das Grün, das sich unter mir verkleinert. Noch kann ich die Kaninchen auf dem Flugfeld sehen. Fünf Kaninchen. Wieso dürfen diese Viecher auf das Flugfeld? Wenn auf denen einer landet, ist es egal, ob der einen Fallschirm trägt. Kann hier keiner Fallen legen? Die Kaninchen werden immer kleiner. Eines explodiert.

„Da unten ist gerade ein Kaninchen explodiert."

Simon lacht.

„Im Ernst, da unten im hohen Gras. Da waren fünf Kaninchen. Eines ist explodiert." Ich versuche mich in diesem engen Schalensitz soweit umzudrehen, dass ich Simon ansehen kann. Es macht ein eigenartiges metallisches Geräusch. Ich bleibe doch lieber brav sitzen wie gehabt.

„Wir haben uns soeben ausgeklinkt. Wir sind jetzt frei." Man spürt, dass Simon meint, was er sagt. Vor uns nicht mehr die Zukunft, sondern nur noch ein Motorflugzeug, das mit einem langen Kabel als Appendix Richtung Süden dreht. Mir wird bewusst, dass ich die neue *Freiheit* förmlich hören kann: Anstelle des Motorenlärms jetzt nur mehr der Fahrtwind an den Scheiben. Ich öffne das winzig kleine Schiebefenster, es zischt als wären wir auf der Autobahn.

„Wir sind mit etwa 110 km/h unterwegs. Genau wie die da unten." Simon. Ich weiß nicht, wo er hinzeigt. Ich vermute, dass er bei 110 an die Landesstraße denkt.

„Hier fühlt sich das in den Kurven aber schon richtig flott an." Der Flieger dreht nach rechts ab und wir liegen beinahe 90 Grad in der Kurve. Nach wenigen Sekunden dreht er wieder zurück in die Horizontale und hebt nach oben ab. So muss sich eine Achterbahn anfühlen. Ich weiß, warum ich das

Gefühl bis heute erfolgreich vermieden habe. Man muss ja nur in die Gesichter von den armen Menschen sehen. Warum tut sich jemand so etwas an? Andererseits: Warum haben Fifty Shades of Grey und Lederpeitschen einen so unfassbar großen Markt?

„Du hast Glück: Traumhaftes Flugwetter heute, wie ein Teppich …“ Aus Simons Stimme klingt so viel Freude. Er meint es gut und er ist mein Freund. Ich will versuchen, die Hölle für kurze Zeit als Saunalandschaft anzusehen und blicke in die Ferne. Es ist ja wirklich schön: Auf den vielen Hügeln ein sattes Grün, dazwischen alte Höfe, schmucke Häuschen, kleine Schlösser und die Zeichen großer Dankbarkeit, die der Katholik für all das in die Landschaft stellt. Im Westen trennt uns auf den Bergen noch tiefer Schnee von Kärnten und im Norden wirkt der Grazer Schlossberg wie von einem Meister der Romantik in die weite Dorflandschaft gemalt. Der Flieger sackt nach unten ab und dreht sich wieder. Mein Magen drückt nach oben, alles, was darüber ist, fühlt sich eigenartig in sich verwoben an. Unter uns nun vier Autobahnen, die sich ineinander winden, außerdem ein Feld aus Schutt und Ziegeln, daneben riesengroße Lagerhäuser umgeben von großen schwarzen, gut beparkten Flächen, die wahrscheinlich von Bodennähe aus betrachtet Teil von beliebten Einkaufstempeln sind. Wieder ein Drehen, wieder ein Sacken. Ich kann nicht anders, ich muss wieder stöhnen.

„Das sind nur kleine Luftlöcher. Eigentlich alles echt wie auf einem Teppich.“ Ich kann Simon hinter mir fröhlich glucksen hören. *Es kann gar nichts passieren, die schöne Aussicht, die Luft ist ein Teppich.* Mir wird schlecht. Richtig übel.

„Was ist da drin in diesen Löchern?“ Ich frage nicht aus Interesse, ich frage um mich abzulenken.

„Was soll schon drin sein. Das ist ein Loch. In Löchern ist nichts drin.“

„Naja, in den meisten Löchern ist zumindest Luft.“

Simon lacht. In seiner Welt sind leere Löcher das Salz in der Suppe. In meiner Welt sind sie Gift. Die Übelkeit breitet sich im ganzen Körper aus. Mein Kehlkopf stülpt sich nach innen und kitzelt den *Finger in den Hals*-Reflex.

„Willst du auch einmal steuern?" Er klingt entspannt, es ist klar, er kann mein Gesicht nicht sehen.

„Mir ist schlecht." Ich öffne das viel zu kleine Fenster. Die Luft hilft, der Lärm macht alles aber nur noch schlimmer.

„Oje. Du Armer! Ich habe dir unter den Sitz ein Plastiksackerl gelegt."

Ich taste unter den Sitz und greife nach dem Sackerl. Es ist mit einer Schlaufe zugebunden und mit leuchtend rotem Konfetti gefüllt.

„Bitte sei so nett und leere das Sackerl nicht hier drinnen aus. Schütte einfach alles aus dem Fenster ..."

Mir ist zu schlecht um nachzudenken. Ich bin froh, dass Simon einen Plan hat. Der Finger in meinem Hals wird immer länger. Ich schiebe das Fensterchen auf und beutle hektisch den gesamten Inhalt raus. Keine fünf Sekunden später wird der Sack von mir erneut gefüllt. Simon macht eine leichte Drehung. Weit über den Schotterseen westlich des Flughafens schwebt eine leuchtend rote Wolke, die der Wind behutsam in die Länge zieht.

Hinter mir ein Handy-Ton. „Eva und die anderen wünschen dir alles Gute! Sie zapfen schon das Bier, damit du den Geschmack runterspülen kannst."

Woher wissen sie ...?

Die Pedale und der Knüppel bewegen sich und der Flieger dreht sich geschmeidig um die Shopping-City. Mit Blickrichtung Flughafen stellt er sich wieder waagerecht. Simon jauchzt. Wir segeln mitten durch die rote Wolke. Ein paar Konfetti bleiben einen Moment lang an der Scheibe kleben. Mir geht ein Licht auf. Ich weiß nicht - soll ich fluchen oder lachen? Da ist es hilfreich, wenn deine Innereien nicht lange hadern und einfach ihre Sachen machen.

Notiz: Der Tropfen, der das Fass zum Überlaufen bringt, ist halb so schlimm, wenn das Fass eine Mogelpackung ist und der Tropfen in ein Cockpit rinnt.

Eva wartet am Hangar mit einer Wasserflasche, Zahnbürste und Zahnpasta. Die haben hier keinen Drogeriemarkt, sie muss damit gerechnet haben.

„Ich habe allen immerhin verboten, auf das *Wann* zu wetten." Eva grinst und sieht mich zugleich mit einem Hauch von Mitleid an.

Erich, Tamara und Petra, Peter und natürlich Herr Dietmar prosten lautstark in unsere Richtung. Sie stehen hinter dem Zaun, also dort, wo die Segelflieger gleich im Anschluss an den Hangar, aber außerhalb der abgesperrten Flugsicherheitszone, ihr Clubhaus haben. Dazu gehören ein gemauerter Grill und ein paar Tische unter einer Laube. Simon hat für heute alles reserviert. Der Zapfhahn scheint zu funktionieren. Und der Griller raucht.

Der feste Boden unter den Füßen tut gut. Mir ist zwar noch ein wenig schlecht, mit dem Zahnpastageschmack im Mund fühle ich mich aber schon wieder fast als Mensch. Und heute bestehe ich darauf, dass *der Gutschein alles inkludiert, was das Geschenk zur Folge hat.* Eva ist so nett und hilft Simon im Cockpit mit Küchenpapier und einem nassen Schwamm.

Herr Dietmar wartet am Tor zur Laube, ein Krügerl in jeder Hand. Man sieht ihm an, dass der Tag für ihn schon ganz in Ordnung ist. Er reicht mir das noch volle Glas und stößt mit einem breiten Grinsen an. „Am besten du spülst die Übelkeit gleich mit etwas hinunter, das der Magen kennt ..."

Ausnahmsweise muss es mir Herr Dietmar nicht verklären. Ich will heute nur mehr feiern. Immerhin, ich habe überlebt. „Das nenne ich ein Bier auf richtig leeren Magen."

„Lea?" Ich dachte mir, dass sie kommt, habe sie zuvor aber noch nicht gesehen. Sie kann eigentlich auch nicht dagewesen sein. Sie ist unmöglich zu übersehen in ihrem gelb-rot-schwarzen Leinenkleid.

„Ich war beim Griller und habe mich im Rauch getarnt." Wieder dieses breite Lächeln, wieder diese weißen Zähne und wieder diese grünen Augen, die so strahlen, als wäre dieser Moment der schönste ihres Lebens.

„Warum bist du nicht früher gekommen? Ich hätte mich gern mit dir im Rauch versteckt."

Lea stutzt. Ich gehe gedanklich auf Repeat und Play.

„Entschuldige, so sollte das nicht rüberkommen. Ich meinte nur, *ich* hätte *mich* gern irgendwo versteckt. Ich bin kein großer Flieger."

Lea lacht. „Das habe ich mir schon gedacht, das Notsignal am Himmel war nicht zu übersehen."

„Das war ein Notsignal?" Wen habe ich alarmiert?

Lea lacht noch lauter. „Nein, das war nur einer von Simons Scherzen. Er hat es Notsignal genannt."

Bravo, wieder schön blamiert. „Offenbar wusste also jeder außer mir, dass ich kotzen muss." Das ist nicht ganz ehrlich, ich gebe zu, auch ich habe es geahnt. Ich spiele trotzdem den Beleidigten.

„Mein lieber Freund und Waffenbruder, ich habe dich am Sessellift erlebt." Herr Dietmar legt mir seinen Arm auf die Schulter. „Ich bewundere dich, dass du heute *trotzdem* mitgeflogen bist."

Jetzt kommen auch noch Erich und Peter zu unserer kleinen Runde.

„Was war am Sessellift?" Lea grinst vergnügt.

Erich winkt an meiner Stelle ab. Er hebt sein Bier in meine Richtung. „Das liegt alles hinter uns. Ich stimme unserem Herrn Dietmar zu. Mutig ist, wer weiß, was auf ihn zukommt und es dennoch macht."

Ich stoße mit den Jungs und Lea an. Das ist einer der Momente, in denen man weiß, dass man zwar schräge, aber trotz allem wahre Freunde hat.

„Habt ihr auch das Kaninchen gesehen, das explodiert ist?"

Keine Antwort. Dafür prüfende Blicke, sprich *Verdacht auf Schlaganfall.*

Tamara und Petra stehen noch etwas abseits. Tamara war die Frau von Peter bis sie Petra lieber mochte. Tamara könnte meine Rettung sein. Sie ist der Typ Frau, der auf alles eine Antwort hat.

„Habt ihr etwas von explodierenden Kaninchen gehört?“ Ich rufe in Richtung Petra und Tamara. Die beiden lachen, und wie erwartet, fühlt sich Tamara angesprochen. „Hier gibt es unglaublich viele Kaninchen. Es dürfte eine richtige Plage sein. Sieh dir nur den Hügel am Waldrand an. Überall Kaninchenlöcher. Und als wir nur kurz spazieren waren, haben wir sicher mehr als zehn gesehen. Kein Wunder: Sie vermehren sich eben *wie Karnickel*. Exponentiell. Ein Weibchen bringt es auf rund sechs Würfe im Jahr und jeder Wurf hat rund sechs Junge. Das ist eine echte Explosion, falls du das meinst.“

Die Jungs und Lea nicken anerkennend. Petra himmelt Tamara an. Alle sind zufrieden. Kein Hirnschlag. Nur ein semantisches Kuddelmuddel. Kein Kaninchen ist gestorben.

„Hat er euch vom explodierenden Kaninchen erzählt?“ Simon. Wie immer gut gelaunt, trotz Müllsack in der Hand. Eva wirkt nur halb so entspannt, dabei hatte sie die Idee von der *all-inklusive-Gutscheinbox*.

„Er hat es gerade versucht …“ Lea zwinkert mir aufmunternd zu. Eva sieht es und stellt sich zu mir.

„Matthias war so aufgeregt. Es war wunderbar.“ Simon strahlt wie ein kleiner Junge, der beim Versteckenspiel gewonnen hat.

„Fürs Protokoll: Ich *war* aufgeregt, aber immer bei Bewusstsein.“

„Es behauptet keiner, dass du das nicht warst. Ganz im Gegenteil.“ Simon wendet sich begeistert an die ganze Runde. „Matthias‘ Kopf hat ein Kaninchen zum Explodieren gebracht. Ich habe ihn gehört. Es war witzig, aber es war echt.“

„Es war auch echt. Am Flugfeld waren fünf Kaninchen. Eines ist explodiert.“

„KAWUMM!“ Herr Dietmar spritzt Bier in den Griller. Nur Simon lacht.

„Was hast du gedacht, als es passiert ist?“ Simon.

„Zeitgleich, davor oder danach?“

„Davor.“

„Ich habe darüber nachgedacht, dass Kaninchen sehr gefährlich sind.“

Es versteht mich keiner. Wieder sieht mich alles fragend an.

„Für landende Flugzeuge ..."

„Und dann ist eines explodiert?" Simon.

„Du meinst, du hast dir das so vorgestellt?" Eva. Sie nimmt meine Hand. Sie wirkt besorgt.

„Natürlich." Simon. „Aber wie ein Künstler. Du hättest ihn hören sollen. Voll real." Er ist *voll real* begeistert. Vorstellungskraft war nie seine Stärke. Für ihn ist ein Schüttbild eine Leinwand mit Fleck. Ich habe ihm alles rund um Nitsch erklärt. Es ist ein Fleck geblieben.

„Hast du dir das nun vorgestellt oder glaubst du wirklich, dass Kaninchen explodieren?" Eva, die Klassenlehrerin. Es ist überdeutlich, was sie präferiert. Kein Wunder, dass man in der Schule lernt, wie man ohne gleich zu lügen nicht die ganze Wahrheit sagt.

„Ich habe von da oben die fünf Kaninchen gesehen. Eines war plötzlich weg. Von dieser Höhe sieht aber vieles ziemlich komisch aus."

Simon lacht. Dietmar prostet. Eva ist zufrieden.

Notiz: Mit der Wahrheit ist es wie mit der Ehrlichkeit. Jeder lobt sie hoch, vorausgesetzt sie passt ins selbstgestrickte Lebensbild.

Lea kann auch noch grillen. Alles schmeckt hervorragend. Das sagt hier jeder. Es kann also nicht besonders schaden, wenn ich es auch noch sage, und zwar dort, wo das Lob die allerbeste Wirkung hat.

„Alles schmeckt hervorragend!"

Lea wendet ihren Blick nur kurz vom Grillgut ab. Sie schenkt mir ein kurzes, aber wunderbares Lächeln. „Das meiste ist vegetarisch und sehr klimafreundlich."

„Das klingt ja ausgesprochen exklusiv. Mir würde klimafreundlich reichen."

„Na dann greif gleich ordentlich zu. Das am Rost, das sind Kaninchen."

„Verarschst du mich?"

Lea nimmt mit der Zange eine Keule vom Rost und legt sie auf einen Teller.

„Bitte koste. Ich habe das neulich bei einem Bauernhof in der Nähe entdeckt. Es dürfte hier tatsächlich nicht an Kaninchen mangeln. Und ich habe mir gedacht, das ist Fleisch, das du wirklich ohne irgendeinen Schaden essen kannst."

„Ganz im Gegenteil ... Kampf der exponentiellen Entwicklung!"

Lea lacht. „Lass es dir schmecken! Auf ein lineares Wachstum, das uns gut ernährt!"

Es schmeckt wirklich hervorragend, aber das ist ja schon gesagt. Ich lasse jeden Biss daher mit einem genüsslichen Mmmmhh enden, außerdem ein Daumenhoch und ein Klatschen auf den Bauch.

„Ich freue mich für dich und Eva ..." Lea sagt es zu den Kaninchenkeulen am Grill. Ich sehe nicht den Übergang. Wahrscheinlich wurde zu Kaninchen heute alles schon gesagt.

„Danke...?" Mir fiele mehr zu Veganismus ein.

„Du wirkst nicht gerade überglücklich."

„Ich ..." Ich wollte sagen, ich weiß selbst nicht, was das mit Eva soll, aber erstens wäre das zu impulsiv und zweitens unfair, wenn ich das hier vor Lea klage. „... bin mir nur nicht sicher, worauf das hinausläuft."

„Ihr müsst ja nicht gleich heiraten. Wenn es passt, dann passt es, und wenn nicht, dann kannst du das ganz höflich sagen."

„Hochgeschätzte Eva ..."

„Ja, mein Lieber? Was kann ich für dich tun?" Eva. Wie aus dem Nichts wirft sie sich mir von hinten um den Hals. Sie küsst mich auf die Wange. „Magst du die Keule nicht? Soll ich sie für dich entsorgen?" Sie nimmt die beiden schönen Stücke, die ich am Teller *für mich* zurechtgeschnitten habe, und schiebt sie in den Mund. Noch einen Kuss auf meine Wange und sie schwebt zu Simon, der an einem Laubenpfosten lehnt und sich lebhaft mit Tamara unterhält.

„Was war das denn?" Die besten Stücke!

„Ich denke, sie hat dich als ihr Revier markiert." Lea sagt es knochentrocken. *Ich denke, die Müllabfuhr ist hier.*

„Warum?"

„Ich vermute, das liegt wohl daran, wie du mich ansiehst. Sie vermeidet heute leider auch jedes Wort zu mir."

Jetzt bin ich froh, dass die besten Stücke Eva hat. Ich hätte mich nur verschluckt und dann wieder viel versaut.

„Oh, ich mag es, wie du mich ansiehst." Lea wirkt über meine Überraschung ehrlich überrascht. „Ich interpretiere das auch gar nicht. Es ist ganz normal, dass Menschen andere Menschen als attraktiv empfinden. Das erleichtert die Kommunikation und fördert das Interesse aneinander. Ich finde dich auch nett."

So gesehen ist das natürlich richtig. Ich fühle mich nicht zu Lea hingezogen, ich schätze nur den Informationsaustausch, ohne den das Überleben der Menschheit langfristig keine Chance hat. Andererseits: Wenn die Kommunikation so wichtig ist, warum steckt dann Eva ihre Grenzen ab?

„Das Verhalten von Eva steht dazu in keinem Widerspruch." Lea. Sie kann Gedanken lesen! „Unsere Form der Kommunikation nützt der Gruppe, Eva zielt auf das Wohlergehen der Familie innerhalb der Gruppe ab. Rein genetisch bedingt, also instinktiv, das hat mit ihren wahren Absichten natürlich nichts zu tun ..."

Da bin ich aber froh, denn sonst hätte sich ja doch noch ein Widerspruch, nämlich zu dem *ihr müsst ja nicht gleich heiraten* aufgetan.

„Ist noch ein Stück vom Kaninchen übrig?" Die Keule schmeckt köstlich. Außerdem Themenwechsel. Lea gibt mir ein Stück mit perfekter Färbung.

„Apropos. Nachdem wir jetzt wissen, dass wir einander schätzen: Was war da heute wirklich los mit dem Kaninchen?"

„Wie ich gesagt habe: Es ist explodiert."

„Einfach so?" Lea scheint mir zu glauben. Sie wirkt ernsthaft interessiert.

„Ich habe keine Erfahrung mit Kaninchen. Selbst der Geschmack ist für mich neu. Will sagen: Keine Ahnung, was es braucht, damit ein Kaninchen explodiert. Für mich hat es sehr *spontan* ausgesehen."

„Spontan?" Lea lacht.

„Ich habe das einmal im Zusammenhang mit Bomben gehört: *Spontan*zündung oder *Spontan*detonation. Also eine Sprengung ohne sichtbaren Grund."

„Du meinst also, es war einfach ein sehr spontanes Kaninchen. *Wenn sonst nichts los ist, dann werde ich halt mal explodieren.*" Lea ist sehr süß, wenn sie ein Kaninchen ist. Der Bonus: Ich kann mir das jetzt denken, ohne dass mir mein Blick gleich Sorgen macht.

„Es könnte auch an Blähungen liegen. Ich habe gehört, dass bei toten Kühen immer die Gefahr besteht, dass sie durch die Gärung in ihrem Pansen platzen können."

„Nur, dass das Kaninchen kein Wiederkäuer ist und es erst durch die Explosion gestorben ist …"

„Vielleicht ist es eine Krankheit? Ein Virus …"

„Und wir essen gerade davon. Der Beginn einer neuen Seuche. Wir werden alle Zombies und niemand kann sich retten." Lea nimmt einen Knochen und macht den Zombie nach.

„Du machst dich wieder lustig."

„Genau *das* könnte aber auch dein erster und dein letzter Satz bei einem Zombieausbruch sein."

Wenn das stimmt, dann müsste Lea mich jetzt beißen … Außer sie meint es zeitversetzt. Derselbe Satz zu Beginn der Seuche und dann zu meinem Ende. Vielleicht kommt dann Eva und macht vor mir den Zombie nach. Macht *scheinbar* den Zombie nach.

„Ich habe einen Film gesehen, da wurde ein Mopedfahrer durch einen gezielten Angriff einer Drohne förmlich in die Luft gesprengt."

Lea grinst. „Den habe ich auch gesehen: Jack Ryan. Die erste Staffel war verständlich."

„Stimmt. Deswegen wissen wir leider auch, dass das Zielobjekt ein vermeintlicher Terrorist und kein Kaninchen war."

„Obwohl sicher auch nicht alle Kaninchen einen guten Leumund haben."

Lea packt das viele Gemüse und die restlichen Keulen auf einen großen Teller und deutet mit einem Nicken in Richtung der Tische an, dass das Wohl der Gruppe auf der Tagesordnung steht. Ich beuge mich den Zwängen, die eine wirklich gute Köchin hat. Außerdem kann es nicht schaden, wenn nicht auch noch Simon sein Revier gefährdet glaubt.

Notiz: Die Wahrheit braucht weder Zuspruch noch Applaus. Trotzdem tut es der Seele gut, wenn dir jemand glaubt.

Lea

> Und wenn es doch eine schlimme Krankheit ist? #KrisenKaninchen #DoktorBunny

„Was ist?“
„Nur eine Nachricht …“
„Wer schreibt um diese Uhrzeit?“
„Es ist nur Lea.“
„LEA?“
Gerade war noch ein gemütlich ausgestreckter Samstagmorgen und schon sitzt Eva aufrecht. Ich bleibe liegen.
„Was will sie?“

> Ich habe die ganze Nacht furchtbar geträumt. #TraumlandTurbulenzen #HäschenHorror

„Sie macht sich nur Sorgen wegen des Kaninchens und hat deswegen schlecht geschlafen.“
„Dann schreibst du ihr am besten zurück, sie soll sich keine Sorgen machen, weil sie ja SIMON an ihrer Seite hat.“
Ich tippe in mein Handy.
„Das schreibst du NICHT!!“
Ich höre auf zu tippen. Ich überlege, ob es noch immer gut ist, wenn ich liege und sie sitzt. Für das Aufsetzen spricht die gleiche Augenhöhe, ich zeige Interesse und Eva spürt, dass

ihre Emotion auch für mich von Bedeutung ist. Dagegen zeigt das Liegenbleiben, dass der gemütlich ausgestreckte Samstagmorgen vielleicht doch noch nicht beendet ist. Ich bleibe liegen.

„Du weißt schon, dass Lea die Freundin deines besten Freundes ist?"

„Na klar. Das freut mich auch für ihn."

„Aha …"

„Ich will rein gar nichts von Lea." Was soll das ganze Thema? „Ich bin auch gar nicht in ihrer Liga."

Eva hat eben noch mit dem Raum geredet. Jetzt dreht sie ihren Kopf zu mir und ich sehe in Augen, die fassungslos in meine starren.

„ICH bin also in deiner Liga?" Wort für Wort betont, deutlich ausgesprochen.

Das muss man Eva lassen. Sie ist richtig gut im Fragenstellen. Ich könnte darauf pochen, dass *ich* die Oberliga bin, aber das nimmt sie mir nicht ab.

„Um das geht es nicht. Naja, Simon ist einfach ganz anders als ich. Er ist eben der Typ von Mann, der sehr auf Frauen wirkt." Gut gekontert. Ich bin stolz auf mich. Ich setze mich trotzdem lieber auf. Der Samstagmorgen ist gelaufen.

„Ich bitte dich, er ist nicht gerade George Clooney." Eva denkt nach. Ihre Mundwinkel gehen dabei deutlich auseinander. „Ich habe mich gestern mit Simon allerdings auch sehr gut unterhalten. Er ist witzig - und ziemlich geschickt."

„Das verstehe ich und ja, das stimmt. Simon kann beinahe alles." Ich meine es ernst. Ich habe das immer bewundert. „Und damit du es weißt: Er ist auch ziemlich lange auf dich gestanden."

Eva wirkt überrascht. Sie lächelt. Dann wendet sie sich rasch von mir ab, springt aus dem Bett und drückt den Einschaltknopf der Espressomaschine. Es ist, als ob nichts gewesen wäre. Sie summt entspannt.

Notiz: Manchmal fühle ich mich bei Eva wie der berühmte Schmetterling. Ich flattere gedankenlos mit meinen Flügeln und staune dann, was ein Flügelschlag bewirken kann.

Den Sonntagmorgen habe ich mir auch anders vorgestellt. Treffpunkt 8 Uhr Flughafen West. Mit dem Fahrrad heißt das Wecker 6.30 Uhr. Eine halbe Stunde später wäre drin gewesen, aber ich will nicht, dass Lea mich im allerschlimmsten Zustand sieht.

Lea ist der festen Überzeugung, dass jedes Tier mit auffällig raren Wesenszügen einen zweiten Blick verdient. Aggressive Füchse, hustende Fledermäuse, wahnsinnige Kühe, explodierende Kaninchen - Aufmerksamkeit ist quasi Bürgerpflicht. Dass mein Unglückshase auf einem gesperrten Flugfeld war, konnte keine Zweifel säen. *Patient Null ist im Kampf gegen das Virus nicht kriegsentscheidend. Kaninchen sind extrem mobil. Eine Ausbreitung wäre mehr als nur wahrscheinlich.*

Unser Einsatz beginnt beim Segelfliegertreff. Die Sonne steht über dem Tower. Für Ortsunkundige: Zwischen dem Segelfliegertreff im Westen und dem Tower mit dem Flughafengebäude im Osten liegt das Flugfeld. Ergo: Unsere Beobachtung des Flugfeldes beginnt bei Gegenlicht. Außerdem: Das Flugfeld ist riesig, das Gras steht an vielen Stellen hoch, das Land ist flach, es fehlt an einem Aussichtsturm und Ferngläser haben wir ohnehin vergessen. Lea und ich stellen fest, dass wir für eine genaue Lagebeurteilung nur mäßig vorbereitet sind.

„Wir hätten Simon fragen sollen."

„Simon glaubt nach wie vor, dass die Explosion eine reine Projektion von dir war."

„Simon sagt, dass ich einen inneren Selbstzerstörungsdrang auf ein Kaninchen projiziere?" Das klingt nicht nach Simon.

„Simon sagt einfach, dass du *spinnst*. Er meint es nicht böse."

Das klingt nach Simon. Manchmal denke ich, er kann deswegen so viele unterschiedliche Dinge, weil er immer nur die Oberfläche sieht.

„Er hat aber nichts dagegen, dass du den *Spinner* triffst?"

„Ganz und gar nicht. Er hat seine Motocross-Maschine auf den Anhänger geladen und ist Richtung Burgenland losgefahren."

„Noch so ein verrückter Sport. Ich will nur hoffen, dass kein Gutschein für diesen Wahnsinn vorgesehen ist."

Lea sieht mich mit großen Augen an. Es sieht sehr nett aus, weil diese richtig großen Augen vom Schlaf noch ein bisschen zugeschwollen sind. Ich weiß allerdings beim besten Willen nicht, *wofür* diese netten großen Augen stehen.

„Du *hoffst* …?"

„Ich hasse Motorräder …"

„Das meine ich nicht. Und *das* ist nun wirklich keine Überraschung. Ich habe dich niemals im schwarzen Leder auf einer Enduro am Start vom Erzbergrodeo gesehen."

Kein Widerspruch. Lea kennt mich schon ein bisschen. Weder das Leder, noch die Enduro oder der Erzberg kommen für mich in Frage.

„Was aber heißt, du *hoffst*? Du musst doch *wissen*, wofür die Gutscheine stehen. Du hast sie doch bekommen!?"

„Mir wurde eine Gutschein*box* geschenkt. Ich habe sie noch nicht geöffnet."

Wieder ungläubig große Augen.

„WARUM?" Die Mundpartie irgendetwas zwischen Unverständnis und einem Lächeln.

„Einem geschenkten Gaul schaut man nicht ins Maul?" Sehr kleinlaut vorgetragen.

„BLÖDSINN!"

Deswegen war es sehr kleinlaut vorgetragen. Es ist natürlich Blödsinn. Es gibt aber eben Dinge, für die es kein simples Schlagwort gibt. Ich sehe mich verzweifelt um. Wenn man ein explodierendes Kaninchen braucht, ist weit und breit keines in Sicht.

„Du hast diese Gutscheinbox wirklich nie geöffnet? Weißt du überhaupt, wie viele Gutscheine es für dich gibt?“ Mitleid in Leas Stimme. Das wird langsam unangenehm.

„Nein, weiß ich nicht. Ich habe diese Box nicht geöffnet und auch nie danach gefragt, was drinnen ist. Warum sollte ich? Es ändert nichts.“

„Naja, mir käme da so spontan *Vorfreude* in den Sinn.“

„Vorfreude?!“

„Das ist das Gefühl, das Menschen haben, wenn sie an besonders schöne Momente in der nahen Zukunft denken.“

„Du meinst Momente, wie Höhenangst, aufgeschlagene Knie oder mit Konfetti gefüllte Kotztüten? Nur um ein paar Highlights zu nennen …“

Oje. Lea sagt nichts mehr. Ein Melodrama ohne Absicht. Ich bin froh, dass wir unsere Räder beide noch nicht abgestellt haben. Als Abstandhalter zwischen uns verhindern sie die Umarmung. So ist da nur der falsche Blick. Mütterlich, vielleicht auch die liebe Kindergartentante, kein Blick auf jeden Fall, den du in der Blüte deines Lebens haben willst.

„Das hat jetzt vielleicht ein bisschen zu hart geklungen.“ Bitte nicht mehr diesen Blick! „Ich bin halt nur nicht der Typ, der sich auf Abenteuer dieser Art tagelang im Voraus freut.“

„Du hast dir nicht einmal angesehen, wie viele Gutscheine noch da sind!“

„Naja, sie vermehren sich im Dunkeln nicht, aber es ist dort schon viel verschwunden. Du weißt schon: Mit nicht eingelösten Gutscheinen könnte man auf einen Schlag wahrscheinlich eine ganze Volkswirtschaft zerstören.“

Lea schüttelt den Kopf. Kein Wunder. Sie ist die Freundin von Simon. Sie lebt dort, wo die Vorfreude und das Abenteuer ihren besten Werbeträger haben.

„Warum machst du dann bei dem Ganzen überhaupt mit?“

„Das läuft in unserer Runde schon immer so. Ich nerve mit Vorträgen über Kunst und sie bringen mich im Gegenzug zu Sachen, die ich alleine niemals machen würde.“

„So klingt das gar nicht einmal verkehrt …“ Lea grübelt. Wunderbare Grübchen. Lea grübchelt.

„Meine Erfahrung ist, dass wir alle dabei ein wenig wachsen. Es ist ein bisschen wie bei Prüfungen: Du magst sie nicht, aber danach weißt du, es hat dir gutgetan."

Lea wirkt zufrieden. Der Blick noch nachdenklich, aber du weißt, die Botschaft hat schon eingeschlagen.

„Dann soll ich dir also nicht sagen, woran deine Freunde für das nächste Wochenende planen?"

„Nein. Mir reicht das damit ausgelöste unbestimmte Angstgefühl."

„Und du willst auch wirklich nicht einmal die Gutscheine nachzählen?"

Ich sehe tief in Leas Augen. Sie versteht es nicht. Ich bin für sie eine bislang unentdeckte, fremde Welt.

„Ich öffne die Box und studiere ihren Inhalt, wenn wir das Mysterium der Kaninchen gelöst haben."

Lea lächelt. Eine Wette. Das ist die Welt, die Lea kennt.

Notiz: Es klingt paradox, aber wer sich mit künftigen Abenteuern nicht beschäftigt, ist nicht zwangsläufig jemand, der die Überraschung liebt.

Bei näherer Betrachtung ist so ein Flughafen weit mehr als die Start- und Landebahn für Reisende ohne Gretas Scham-gefühl. Da sind natürlich auch noch die Kleinflugzeuge mit allem, was in deren Schlepptau hängt: Segelflug, Fallschirmsprung und Hagelflieger. Das ist aber nur das Offensichtliche. Der Flughafen ist außerdem ein Magnet für alles, was sich auf den ersten Blick mit einer guten Nachbarschaft nicht verträgt: Autobahnen, Züge, Deponien mit Recyclingflächen, Hundeabrichtplätze, Sand- und Schotterwerke, ein Vorführgelände für das einzige KFZ, das sich seit Jahrzehnten optisch kaum verändert hat, Go-Kart-Bahnen, ein Festivalgelände, kurz: alles, was andernorts wütende Bürgerproteste zur Folge hätte, ist im Anschluss an ein Flugfeld gern gesehen.

„Interessanterweise ist die weitläufige Anlage rund um einen Flughafen kein lebensfeindlicher Raum, sondern in seiner Vielfalt das Rückzugsgebiet für viele Tiere." Lea. Ich spaziere mit ihr entlang des hohen Zauns, der um das große Flughafengelände führt. Sobald uns der Weg ein Stück nach Osten lenkt, erstreckt sich ein offenes Feld nach Süden, bei dem kein Gegenlicht irritiert.

„Die Deponien und die vielen Sandhügel sind zum Beispiel die Heimat von Vögeln, die sonst kaum noch geeignete Brutplätze finden." Lea deutet zu den schwarzen und kaminroten Bergen von Recyclingmaterial hinter einem Acker. „Schwarzkehlchen, Waldohreulen und hunderte Uferschwalben brüten hier. Und das Flugfeld selbst ist mit seinen großen unbebauten Flächen ein beliebter Rastplatz für Zugvögel."

„Du bist Biologin?" Merkwürdig. Mir fällt es jetzt erst auf. Ich habe sie nie nach ihrem Beruf gefragt.

„Nein. Es hätte mich schon auch interessiert ..." Lea grübchelt wieder. „Aber ich habe Design studiert und beschäftige mich gerade hauptsächlich mit nachhaltiger Mode."

Das passt! Am Freitag dieses Leinenkleid, heute ein gelber Overall, schwarzer Gürtel, schwarze Leinenschuhe. Eindeutig keine Zalando-Schnäppchen, wahrscheinlich selbstgenäht.

„Richtig, selbstgenäht." Die Gedankenleserin dreht sich für mich um ihre Achse und lässt lächelnd meine Blicke über ihren Körper gleiten.

„Sehr gelungen. Fast ein Kunstwerk." Ich bin mir selbst nicht sicher, was genau ich meine. „Und woher kommt die Liebe zu den Vögeln?"

„Eigentlich genau daher. Das Federkleid der Vögel ist eine unglaubliche Inspirationsquelle für eine Modedesignerin. Ich bin erst am Anfang, aber ich würde gerne unverwüstliche Mode machen, die den Farben der Vögel nachempfunden ist."

„Das klingt nach einem Erfolgsrezept."

„Vielleicht in zwanzig Jahren. Zumindest, was den Aspekt der Nachhaltigkeit betrifft. Derzeit sind Unverwüstlichkeit und Mode leider für die allermeisten noch ein Widerspruch. Fashion ist nur dann erfolgreich, wenn sie der Träger jährlich wechselt."

„Vielleicht gelingt es auch schon vorher, wenn man das Kleid als Kunstwerk sieht. Wahre Kunst langweilt den Betrachter auch nach Jahren nicht, selbst wenn er sie täglich sieht. Ich finde, du bist sehr nahe dran." Ich will sagen, dass sie für mich bereits ein Kunstwerk ist, dass ich gerne täglich sehen will, mir fällt aber Simon ein und ich behalte es für mich.

„Da vorne, ein Birder ..." Lea zeigt in Richtung eines Mannes, der in der Mitte des Ackers eine Stehleiter aufgestellt hat. Keine Ahnung, was Birder sind, aber normal sind sie nicht.

„Birder?" Lieber fragen, der Mann hat auf der Leiter etwas großes Langes liegen.

„Vogelbeobachter. Bird, Birder ..."

Aha. Dabei heißt es fish und fisher*man*. Aber Fisch und Fischer. Wobei fisherman und Fischer vom Ethos her mit Birdern schwer vergleichbar sind.

„Möglicherweise hat er etwas gesehen. Fragen wir ihn." Lea geht mit großen Schritten zum Mann mit der Leiter. Ich gleich dahinter. In der Nähe sieht man, Birder ist wahrscheinlich. Das Lange auf der Leiter ist eine Kamera mit einem selten großen Objektiv.

„Birder?" Jetzt fragt Lea. Die Frage aber eher kommunikativ, sprich *Was geht?* in einem anderen Land.

„Was?"

„Schon was Interessantes gesehen?" Lea bleibt freundlich. Vielleicht ist *Birder* doch eher etwas für den Ornithologen, der international Erfahrung hat.

„Warum interessiert dich das?" Der Mann bleibt unberührt. Ich verstehe ihn. Er steht wahrscheinlich nicht auf einem Acker neben einer Leiter, weil er Tinder nicht verstanden hat.

„Tut es eigentlich nicht. Wir wollten dich etwas wegen der Kaninchen fragen."

Lea sieht mich verwundert an. Ich zucke mit den Schultern. Man merkt doch, dass zumindest dieser Birder Small Talk nicht besonders leiden kann.

Jetzt wirkt der Mann auch plötzlich freundlich. Und gleich darauf nervös. Er bedeutet uns mit dem Zeigefinger vor dem Mund still zu sein. Wir horchen. Ein Fluggeräusch. Der Mann tritt hektisch auf die Leiter. Sie hält nicht. Ein Bein sinkt ein. Hilfesuchender Blick in meine Richtung. Ich halte das Bein der Leiter, der Mann steigt auf, das Fluggeräusch entwickelt sich zu Lärm.

„Bitte nicht wackeln!"

Der Mann ist plötzlich nur noch Männchen. Die vormals tiefe Stimme sehr viel höher. Ein aufgeregtes Kind auf einer Leiter. Nur das Gewicht entspricht dem Alter. Ich aber bin der Traum des Managements. Ich kenne weder Zweck noch Auftraggeber, aber ich tue, was man mir sagt. Vor mir Lea, die mit ihrem Handy Fotos schießt, hinter mir ein Lärm, wie man ihn nur noch hier genießen kann.

Endlich Geräusche einer Landung. Der Lärm entfernt sich wieder. Der Mann kommt von der Leiter, er wirkt erlöst, wir spüren alle, wir waren Teil von etwas, das man nicht jeden Tag erleben kann.

„Eine Boeing 7 bla bla bla" Der Mann sagt irgendwelche Zahlen. Ich nicke anerkennend. Er schlägt mir dankbar auf die Schulter. „Wie kann ich euch helfen?"

Es ist klar, *wenn* dieser Mann uns helfen kann, dann hilft er. Das Problem ist, wie wir von ihm erfahren: Der Mann ist Spotter. Planespotter, genau gesagt. Er gehört damit zu Menschen, die sehr große Flieger mit sehr großen Objektiven jagen. Besonders Flieger, die nur selten in unsere Lande kommen, wie diese Boeing 7 bla bla bla. Kurz: Der Mann konzentriert sich auf das Große. Ein Kaninchen, selbst wenn es explodiert, wäre ihm daher wahrscheinlich nur aus nächster Nähe aufgefallen. Wie schon der Konjunktiv vermuten lässt, kann uns der Spotter also über Tiere generell rein gar nichts sagen.

Notiz: Nur, weil du auf einer Leiter stehst, hast du nicht automatisch einen Überblick.

Das Flughafengelände ist schon ziemlich breit, aber es ist erst richtig lang. Also nichts zum lässig Drüberschauen und du siehst schon alles. Klar, du kannst zum Hauptgebäude und dort auf die Terrasse gehen. Da hast du den Vorteil, dass du weiter oben bist, insofern dic Aussicht fast schon wie im Tower, aber dort ist ewig lange nur Beton, also nicht das Hasenhabitat. Gegenüber von den Gates, dort, wo wir jetzt stehen, fühlt sich das Karnickel zwar im Grünen wohl, aber wenn du von oben etwas sehen willst, musst du richtig vorbereitet sein. Optimal wäre eine Leiter, die du mitten auf den Acker stellen kannst. So weit geht die Dankbarkeit des Spotters aber wieder nicht. Vorerst jedenfalls. Seine Boeing ist noch da und man kann sich angeblich gar nicht vorstellen, was da alles ungeplant passieren kann. *Wenn er wüsste, was ich mir dazu alles ausmalen kann!* raunt mir Lea in die Ohren. Ich denke an einen Hasen auf der Ladeklappe, habe aber keine Ahnung, ob Lea auch ein Bild mit Kleinvieh vor ihren schönen grünen Augen hat.

Es wäre sicher hilfreich, wenn ich in etwa wüsste, wo der Todesort des Kaninchens war, wenigstens, ob im Norden oder Süden. Wenn du an deinen bevorstehenden Absturz denkst, fragst du dich aber nicht, ob die Reste, die von dir am Flugfeld bleiben, früher oder später in der Morgensonne sind. Lea meint, wir sollten Simon fragen. Ich halte dagegen, dass es hier im Grunde überall Kaninchen gibt, die potentielle Opfer sind. Außerdem, was ich aber für mich behalte, wäre es nicht so furchtbar, wenn ich mit Lea möglichst lange auf der Suche bin.

Vom Spotter-Acker aus gesehen geht der Airport Richtung Norden nicht mehr weit. Wenn in diesem Bereich ein Kaninchen allzu hohe Sprünge macht, hätten wir es schon gesehen. Noch weiter nördlich ist ohnehin kein Sprung mehr möglich, dafür sorgt das Ökomanagement der Autobahn. Wir halten uns also entlang des Zauns Richtung Süden, vorbei an unserem Ausgangspunkt, dem Segelfliegerzentrum, hin zu einem kleinen Wäldchen. Das Wäldchen versteckt den nächsten Höhepunkt des Airportbiotops, das Vereinsgebäude der Fallschirmspringer, das mit seiner Schlichtheit und den verstreuten Feuerstellen vielen Vereinsgebäuden hier und auf dem Balkan gleicht. Dahinter Reste eines Zauns am Boden, dann ein Asphaltstück, gefolgt von einem Wäldchen, einem Schotterweg, einem Wäldchen.

Lea und ich wandern wortlos nebeneinander. Es fühlt sich gut an. Keine Stille, die beklemmt. Vielmehr ein ruhiges, gegenseitiges Verständnis. Ich würde gerne meine Hand in Leas legen, ich vermute, es wäre ihr nicht zu viel, einfach Händchenhalten, lasse es aber lieber.

Lea sieht mich an. „Hast du etwas gesagt?"

Ich verneine.

Sie lächelt unbekümmert. „Ich hatte gerade das Gefühl, dass wir uns schon ewig kennen." Sie nimmt meine Hand in ihre.

Ich bin mir jetzt sicher, dass sie meine Gedanken lesen kann. Ich will es ihr sagen. Sie kann es tun, aber sie soll wissen, dass ich weiß, dass ich ihr unterlegen bin. Die Boeing 7-Unvorstellbar startet ihren Antrieb.

Ich sage es. „Du liest meine Gedanken."

Diese Boeing wird immer lauter, Lea kann mich sprechen sehen, kann mich aber nicht mehr hören. Sie sieht mich mit ihren großen Augen fragend an und lacht. Der Lärm ist unerträglich. Ich beuge mich zu ihr vor, will es ihr ins Ohr rufen, sie dreht ihren Kopf zur Seite, ich setze zum Rufen an. In mein Blickfeld hoppeln zwei Kaninchen. Ich rufe nicht. Meine Nasenspitze kitzelt Leas Ohrmuschel. Ich rufe noch immer nicht. Spitze kitzelt Muschel.

Lea schüttelt sich, dreht sich von mir weg, wirkt irritiert. Der Lärm ist noch enorm. Ich deute mit den Augen auf das grüne Feld hinterm Zaun. *Ein* Kaninchen hoppelt noch. Sein weißes Fell hat kleine rote Flecken.

Notiz: Das Lesen von Gedanken geht leichter bei Gedanken, die eine Botschaft von Mensch zu Mensch zum Inhalt haben.

Weder Lea noch ich haben einen Plan. Ich war seltsamer Weise davon überzeugt gewesen, dass die neuerliche Explosion eines Kaninchens keine Fragen offenlässt. Erst jetzt bemerke ich, dass der Film in meinem Kopf nur einen Anfang und ein Ende hatte. Am Anfang steht die Explosion, am Ende bin ich der Held von irgendwas. Dazwischen fehlt leider alles, das mich dem Ende auch nur ein Stück weit näherbringt.

„Du solltest die Polizei anrufen!" Lea.

„Die Polizei?"

„Wen sonst? Die Feuerwehr? Die Rettung? Es geht um ein Kaninchen. Und es ist schon tot." Lea sagt es unaufgeregt, nachdenklich.

Ich wähle die 112. Das ist neutral. Die wissen, in welcher Not man korrekterweise ist.

Ich berichte. Der Euronotruf stöhnt. Weil eigentlich die Jägerschaft, aber dann doch der Flughafen und außerdem der Irre, der von einer Art Kaninchenbombe spricht. „Wir verbinden Sie mit der Polizei." Lea ist zufrieden.

„Flughafenpolizei Graz Thalerhof."

Das ist schön. Die Polizei von Gegenüber. Die vom Notruf wissen, was sie tun.

„Ich möchte melden, dass wieder ein Kaninchen auf ihrem Flughafen explodiert ist."

Wie schon zuvor beim Notruf gleich ein Stöhnen.

„Ihr Name?"

Ich frage, ob eine anonyme Meldung jetzt nicht besser wäre, weil immerhin geht es um Hasen, die schon sprichwörtlich nur einen Namen haben, und außerdem aufgrund der Wiederholung die Zeit vielleicht schon drängt. Der Polizist verneint. Ohne meinen Namen wäre nichts zu machen. Ich beuge mich der professionellen Logik.

Wie sich zeigt, ist es mit einer Frage leider nicht getan.

„Sie haben ein Riesenglück, dass die Kaninchen nicht politisch sind." Lea ruft in mein Smartphone.

„Was meinen Sie? Wer ist bei Ihnen?" Strenger Ton. Sprich: *Wer Meldung macht, hat eigentlich Kontaktverbot.*

Lea greift nach meinem Handy. „Hören Sie: Auf *Ihrem* Gelände ist rund 100 Meter südlich der Fallschirmspringer ein Kaninchen explodiert. *Das* sollte Ihnen Sorgen machen!!! Aber machen Sie damit, was Sie wollen." Sie legt auf. Schüttelt verärgert den Kopf. „Wenn da nicht innerhalb von fünf

Minuten alles von Polizisten abgesucht wird, nehmen wir das selbst in die Hand."

Ich dachte, wir haben das eben getan. Ich bin keiner, der täglich bei der Behörde Meldung macht.

Lea sieht das anders. „Wenn diese Idioten meinen, es geht sie nichts an, wenn wir vor einer neuen Seuche stehen, dann ist das ihre Sache. Ich werde nicht dabei zusehen, wie die Welt an der Ignoranz eines Beamten verreckt."

„Vielleicht ist es etwas ganz anderes ..." Ich verstehe Lea ja, aber ihre Entschlossenheit macht mir langsam Sorgen.

„Wir haben das schon einmal durchgekaut, Matthias. Weit sind wir nicht gekommen. Was fällt dir sonst noch ein, wenn es keine Krankheit ist? Kampfdrohnen sind ja eher unwahrscheinlich in Flugsicherheitszonen ..."

„Jemand könnte den Kaninchen kleine Sprengladungen zu essen geben und sie erst dann zünden, wenn sie am Flugfeld sind." Das ist mir gestern eingefallen, es kam mir dann aber doch zu dramatisch vor. Aber wenn es hilft, Lea von dummen Gedanken abzubringen ...

Lea sieht mich mit zusammengekniffenen Augen prüfend an. „Du meinst also, dass die Variante *Verrückter testet kleine Bomben in Kaninchen auf einem Flugfeld* etwas für die Schublade eines Sicherheitsbeamten ist?"

„Exakt. Dort gehört sie hin!" Lea weiß doch, dass ich nicht Simon bin! „Nicht gerade in die Schublade, aber in die Hände eines Sicherheitsbeamten. Die sind für solche Fälle da!"

„Was machst du, wenn du die Rettung rufst und es kommt keiner?"

Leas Ton verheißt nichts Gutes. Was macht man, wenn die Rettung ausbleibt? „Ich versuche es mit einem Anruf noch einmal?"

Lea schüttelt den Kopf. „Wenn keiner kommt, dann leistest du erste Hilfe!"

Das ist Blödsinn. Erste Hilfe leistest du auf jeden Fall! Du musst allerdings kein Gedankenleser sein, damit du merkst, dass es Lea nicht um das Gleichnis geht. Ich sehe mich um. Gut, dass der Zaun sehr hoch ist und nach oben hin mit drei

Lagen Stacheldraht abschließt. Außerdem ist jeder Baum so weit entfernt, dass man mit Klettern und Springen keine Chance hat.
Lea betrachtet mich. Kein Zweifel, dass sie wieder meine Gedanken liest. Sie grübchelt.

„Gehen wir zurück." Befehl von Lea.

Keine Ahnung, worauf das hinausläuft.

Lea startet. Ich gehe ihr gehorsam nach.

Notiz: Es ist erstaunlich, wie schnell Bürokratie Selbstjustiz gebären kann.

Die Leiter passt. Der Mann mit der Leiter wird langsam bleich. Ich habe Lea vorgeschlagen, sie solle Simon fragen, ob er uns nicht regulär Zutritt verschaffen kann. Lea meinte, das brauche ihr zu lange. Sie zeigte zum Ort der Explosion, wo sich schon die Krähen sammelten.

„Das ist sicher richtig streng verboten." Der Mann mit der Leiter bringt es auf den Punkt. Ein hoher Zaun mit Stacheldraht ist nicht dafür gedacht, dass er zwischen den Füßen einer Leiter steht.

„Stellt euch nicht so an. Ich brauche nur eine Minute. Ich mache ein Foto und bin schon wieder da." Lea sagt es mit der Zuversicht des Kindes, das den Ball vom Grund des lieben Nachbarn holt.

Der Spotter hatte keine so schöne Kindheit. Man sieht ihm an, dass in ihm die Bagatelle zu einer schweren Straftat wächst. Er will Lea von der Leiter holen. Ich stelle mich dazwischen. Er zögert, ich stehe zwischen ihm und dieser Leiter, ich bin auf seiner Seite, aber irgendwas an Lea zwingt mich, diesen Wahnsinn mitzumachen. Der Spotter packt mich an den Schultern, Lea schwingt sich auf die Leiter und weiter auf den Nachbarsgrund. Sie läuft zu den Krähen, die laut krächzend Richtung Himmel stieben. Der Griff des Spotters wird abrupt schwächer, sein Gesichtsausdruck wie eingefroren. Dann lässt er los und rennt davon.

Das Blaulicht und die Schreie hinter mir machen deutlich, dass Leas Zuversicht nicht allzu gut begründet war.

Notiz: Die österreichische Polizei ist nicht übermäßig fleißig. Sie hasst es dennoch, wenn jemand anderes ihre Arbeit macht.

Das Wachzimmer am Flughafen ist hell und freundlich eingerichtet.

Lea hat versucht, die Sache noch vor Ort zu klären. Nichts zu machen. Für die Uniformierten endet hinterm Zaun der Spaß. Von außen aus betrachtet. Innen wird die Glock gezogen und es setzt Handschellen vor den ersten Fragen. Ich war freilich außen, aber für die Beamten geistig innen, weil ja die Leiter das Außen zu einem illegalen Innen macht und musste also auf dem Unerlaubten in das Innen steigen. Der Mann, der eine Leiter hatte, hat die Flucht geschafft.

„Ich nehme an, Sie sind der komische Vogel, der uns vor kurzem angerufen hat?" Der Beamte will a) mit seiner Uniform und b) mit seiner Körpersprache sagen, dass Leugnen völlig zwecklos ist. Er blättert lässig in den Unterlagen, es fällt ihm aber schwer, das Lässige, weil die Unterlage nur zwei Seiten hat. Ich weiß nicht, was ich sagen soll und sehe hilfesuchend Lea an. Sie fixiert den Lässigen, sieht also meine Hilfesuche nicht. Ich beschließe, besser nichts zu sagen. Der Lässige zeigt der uniformierten jungen Dame hinterm Schreibtisch etwas in der Unterlage. Sie tippt auf ihrem Handy und mein Smartphone läutet. Meine rechte Hand liegt noch in einer Schelle, die mich an die Sessellehne schnallt. Das macht das Abheben schwierig, aber für ein Gespräch war der Anruf wahrscheinlich ohnehin nicht gedacht.

„Und wer war der Mann, der die Flucht ergriffen hat?"

„Der hatte mit all dem nichts zu tun. Wir haben uns nur die Leiter von ihm ausgeborgt." Lea. Der Anruf hat gewirkt. Jetzt dürfen wir was sagen.

„Sie haben vielleicht schon etwas von Beitragstätern gehört?" Tonfall Fernsehkommissar, Bezirksinspektor Harald Franitschek.

„Er wollte uns davon abhalten, über den Zaun zu steigen. Er dachte, wir wollen nur etwas beobachten."

„Wer war der Mann?"

„Wir kennen seinen Namen nicht." Lea und ich synchron. Das war gut. Glaubwürdig.

Ein Klopfen an der Tür. Ein Polizist öffnet und streckt ein Blatt Papier hinein. Der Lässige übernimmt und liest.

„Der Mann heißt Gregor Fink und wohnt in Straßgang."

Lea und ich staunen.

„Er hat seinen Namen und die Adresse auf die Leiter geklebt."

Lea lacht.

„Das ist der beste Beweis, dass er kein *Beitragstäter* ist."

Jetzt sieht uns Franitschek mit Erstaunen an.

„Wenn er gewusst hätte, was wir vorhaben, hätte er wohl seinen Kontakt nicht auf das Corpus Delicti geklebt." Ich suche den Blick der jungen Polizistin. Sie stimmt mir mit ihren Augen zu.

Franitschek lacht leise auf. „Glauben Sie wirklich, dass alle Ganoven kleine Genies sind? Wenn wir lauter Akademiker unter den Verbrechern hätten, wäre die Aufklärungsrate miserabel."

„Sie ist auch so nur bei rund 50 Prozent." Habe ich gelesen.

„Sehen Sie! Das sind die Idioten."

So habe ich das noch nie gesehen. Auch die junge Polizistin nicht. Böse Blicke Richtung Franitschek.

„Dann lasst uns einmal sehen, wie intelligent Sie beide sind …"

„Das ist zumindest statistisch unerheblich. Weil wir ja keine Verbrecher sind." Damit das klar ist und sich keiner in was verrennt.

„Wir sind das Gegenteil, wir sind die Guten." Lea sagt es nicht so freundlich. „Wir sind überhaupt nur da, weil die Polizei komplett ignorant ist und die Gefahren, die sich vor ihrer Nase abspielen, trotz Warnungen verpennt. Sie könnten uns endlich auch diese lächerlichen Handschellen abnehmen." Lea rüttelt mit der Schelle an der Sessellehne. Ich mache es ihr nach.

Franitschek lächelt lässig. Der Blick der Polizistin unentschlossen. Einerseits die Beschimpfung der Beamten, andererseits trägt das Verbrechen nur bei Tarantino einen gelben Overall.

„Sie haben bei uns angerufen und gemeldet, dass ein Hase am Flughafengelände gestorben ist?“ Franitschek blättert in den drei Seiten während er mich fragt.

„Ein Kaninchen ist ziemlich genau dort explodiert, wo Sie uns mitgenommen haben.“ Ich will Lea nicht in den Rücken fallen und verzichte darauf hinzuweisen, dass ich noch nicht am Gelände war.

„Sie können das bestätigen?“ Frage Richtung Lea.

„Matthias hat es mir gesagt.“ *Matthias hat es ihr gesagt?*

„Sie haben also keine eigenen Wahrnehmungen? Nichts gesehen? Oder gehört? So ein explodierendes Kaninchen ist ja sicher ganz schön laut?“ Franitschek sieht erstmals interessiert von seinen Unterlagen auf.

„Ich konnte gerade noch ein weißes Kaninchen beobachten, wie es weggehoppelt ist. Bei der Explosion habe ich woanders hingesehen. Und ich konnte wegen dieser Boeing 7-Irgendwas gar nichts hören, außer ihrem Höllenlärm. Hätten Sie mich nicht aufgehalten, hätte ich ein Foto von dem Kaninchen und alle könnten es auf Facebook sehen. Jetzt sind seine Reste sicher längst schon Vogelfraß. Aber wie gesagt, Matthias hat es gesehen und es war ja nicht das erste Mal.“ Lea nach wie vor im Modus *Polizisten spinnen*.

„Ach ja? Wann war das erste Mal?“ Wieder dieses Lächeln.

„Vor zwei Tagen. Ich bin mit einem Freund in einem Segelflugzeug gestartet und habe von oben gesehen, wie ein Kaninchen explodierte. Auf dem Flughafengelände.“

„Gibt es dafür Zeugen?“

„Die gibt es nicht, aber wieso sollte Matthias das alles nur erfinden?“ Lea richtig sauer.

Franitschek lehnt sich amüsiert zurück. „Wie lange kennen Sie *Matthias* schon?“

„Ich habe ihn erst zwei Mal getroffen. Er ist aber seit langem der Freund meines Freundes.“

„Und heute verbringen Sie schon den ganzen Tag mit ihm?" Bedeutungsvolle Blicke zur Kollegin. Die junge Polizistin lacht.

Lea explodiert. „NEHMEN SIE UNS ENDLICH DIESE SCHEISS HANDSCHELLEN AB!"

Notiz: Pfefferspray ist besonders wirksam, wenn man nur eine Hand zur Abwehr hat.

„Zimmer ohne Fenster erinnern mich an Schilda." Lea. Sie sitzt neben mir auf einer schlichten Bank. Es ist das einzige Mobiliar, das dieses fensterlose Zimmer hat.

„Ja … Ein Rathaus ohne Fenster. Schade eigentlich …"

Lea sieht mich fragend an.

„Ein Haus ohne Fenster … Das perfekte Museum. In Wahrheit waren die Schildbürger ihrer Zeit weit voraus."

Lea lacht. „Vielleicht hatten sie keine Kunst."

„Menschen, die ein Rathaus ohne Fenster bauen, sind schon per se große Künstler. Das ist Kubismus in seiner radikalsten Form. Es ist ein Jammer. Alle konnten es sehen, aber keiner hat es je erkannt."

Wir sitzen nebeneinander und schmunzeln in den trostlosen Raum. Diesmal greife ich nach Leas Hand. „Danke, dass du an mich glaubst, auch wenn du nie selbst eine Explosion gesehen hast."

Lea lächelt. „Ich bin mir gar nicht so sicher, aber es ist zumindest nicht das Übliche. Und danke, dass du den Spotter aufgehalten hast."

Ich drücke Leas Hand. „Danke, dass du den Polizisten die Meinung gesagt hast."

Lea drückt zurück. „Und danke, dass du am meisten Pfefferspray abgekriegt hast."

Lea legt den Kopf an meine Schulter. „Alles in allem war es ein gelungener Tag. Ich hoffe nur, Simon holt uns hier noch heute raus …"

Ich nicke wortlos. Simon ist nicht nur ein toller Freund, er ist auch Advokat. Erfolgreich selbstverständlich. Lea hat ihn angerufen. Er war noch mit der Motocross im Wald, hat aber fest versprochen, dass er sofort den ersten Einspruch macht.

„Darf ich dich etwas fragen?“ Lea hebt den Kopf von meiner Schulter und richtet sich neu ein. Frageposition. Soll heißen: Füße auf die Bank, Beine fest umklammert angewinkelt, Kinn aufs Knie, erwartungsvolle große Augen, Füße ein klitzekleines Stück unter meinen Po geschoben. „Wie kommt es eigentlich, dass du mit Kunst dein Geld verdienst?“

Ich atme tief durch und versuche meine erste Enttäuschung zu verbergen. Ich habe keinen Themenwechsel ins Berufliche erwartet. Vielleicht ist es das aber auch nicht. Vielleicht ist Lea der erste Mensch, der sich nicht fragt, wie man mit Kunst zu Geld kommt, sondern wie ich trotz meiner Liebe zur Kunst zu einem Vermögen gekommen bin. Also gut, noch einmal durchatmen. Ein Zimmer ohne Fenster ist ein Raum, der Zeit für noch nicht erzählte Geschichten hat.

„Ich habe mich schon sehr früh in der Schulzeit für Kunst interessiert. Nicht für die alten Schinken ... für die moderne und zeitgenössische Kunst, oder zumindest das, was in meinen Augen damals modern und zeitgenössisch war: Joseph Beuys, Franz West, Gerhard Richter, Hermann Nitsch und die anderen. Wenn du dich mit sechzehn in Galerien rumtreibst, wirst du von allen gehätschelt und rumgereicht. Auch von vielen Künstlern. Später bin ich dann auch ein bisschen in der Welt herumgekommen. Und habe da und dort gejobbt. Und statt Geld lieber Bilder und Zeichnungen als Lohn genommen.“

„Ein schlauer Junge ...“

„Eigentlich nicht. Das Allermeiste ist heute rein gar nichts wert. Es ging mir auch nicht darum, Geld zu verdienen. Ich war ein Sammler wie viele andere. Nur habe ich noch weniger davon verstanden. Viele Künstler haben mich nur deswegen fasziniert, weil sie für mich als Pubertierenden wie eine Offenbarung waren: nackte, vulgäre Säufer ohne Hemmungen, dem Bürgerlichen auf den Kopf zu scheißen - im wahrsten Sinne des Wortes. Es war meine Version von Sex, Drugs and Rock and Roll. Wie gesagt, ich hatte keine Ahnung. Ich habe allen alles geglaubt und war überzeugt, jeden Tag mit einem künftigen Warhol zu reden. Trotzdem haben mich zwei größere Gemälde, die ich damals für ein paar harte Wochen Arbeit bekommen habe, später reich gemacht."

„Reich?"

„Sagen wir so: Ich konnte mir mit den beiden Bildern viele wirklich große Namen kaufen, die sich seither sehr gut entwickelt haben. Der Kunstmarkt spielt seit Jahren fast verrückt, besonders in der Oberliga. Ich muss mir derzeit um Geld keine großen Sorgen machen." Es ist mir peinlich und ich sage es fast bedauernd. Die Rolle des Bohemian wäre eine, die mir mehr behagen würde.

„Du musst dich nicht entschuldigen. Erfolg kann passieren. Auch den Guten."

„Danke für dein Verständnis."

„Ich habe eigentlich kein Verständnis. Ich finde das ganze Kunstgeschäft abstoßend: Eine Religion, eingebettet in der letzten Bastion der wirklich freien Marktwirtschaft. Ein religiöser Kapitalismus. Aber nur, weil man ein System ablehnt, gilt das nicht auch für jeden Menschen, der da drinsteckt. Das haben Religionen leider an sich: Sie stecken auch gute Menschen mit ihrem Fanatismus an. Besonders gute, solche, die sehr große Herzen haben."

Das kommt jetzt unerwartet. Die Kritik am Kunstmarkt ist bekannt. Aber Religion?

„Du fragst dich sicher, warum ich *Religion* sage?"

„Genau. Ich frage mich aber in diesem Moment vor allem, warum du immer meine Gedanken lesen kannst."

„Das kann ich nicht. Ich weiß nur, was *ich* denke. Und manchmal hoffe ich, dass andere meine Gedanken teilen. Bei dir ist das eben oft der Fall." Lea beugt sich vor und boxt mich in die Seite. Freundschaftlich. Ich frage mich, ob sie Simon auch so gut lesen kann.

„Bei Simon funktioniert das nicht so gut. Wir sind zu verschieden ..., passen aber trotzdem gut zusammen."

Ich nehme seufzend hin, dass der Nachsatz die Antwort auf meine nächste unausgesprochene Frage war.

„Also warum *Religion*?“

„Es ist eine Religion ohne Gottheit. Aber davon abgesehen, ist der Kunstmarkt einer Religion, wie wir sie kennen, sehr ähnlich: Alles beginnt bei der Idee des Originals. Warum ist das Original eines Gemäldes mehr wert als seine Kopie?“

„Vom Standpunkt des Betrachters aus ist eine gute Kopie natürlich dasselbe. Aber das Original ist der Ursprung, es trägt die Aura des Schaffensprozesses. Auch bei digitalen Kunstwerken übrigens, wenn sie mit einem fälschungssicheren Token signiert sind.“

„Genau, am Original klebt der Schweiß des Künstlers. Und der Künstler wird wie ein Heiliger verehrt. Früher war das nicht so. Als die Kunst noch Handwerk war, war das Gemälde tatsächlich das, was es ist. Etwas, das man betrachten wollte. Wenn jemand gut kopieren konnte, war das für den Besitzer gleich viel wert.“

„Was ist mit dem Recht des Künstlers?“

„Darum geht es nicht, das weißt du. Jede auch erlaubte Reproduktion von zum Beispiel alten Künstlern erlangt nicht annähernd den Wert des Originals. Dabei könnte heute jeder um den Preis eines Klimt tausende perfekte Kopien produzieren. Bei digitalen Kunstwerken geht es mit einem Mausklick. Bloß: Ohne die Aura des religiös Verehrten fehlt der Wert. Selbst Reproduktionen durch den Künstler selbst sind nur dann im hohen Preissegment verkäuflich, wenn er sie signiert und damit segnet. Es ist nichts anderes als eine Heiligenverehrung, die Seligsprechung macht der Markt.“

Lea hat im Kern natürlich recht. Die Kriterien des weltweiten Kunstmarktes haben mit reiner Logik und mit der ursprünglichen Idee des Kunstschaffens kaum noch etwas zu tun. „Aber du wirst zumindest zugeben, dass teure Kunst in den allermeisten Fällen auch wirklich *große Kunst* darstellt?“

Lea überlegt nicht lange. „Es kann schon sein, dass vieles davon auch Bedeutung hat. Das Problem ist nur, dass die Idee des Originals nur der Anfang ist von einer langen Reihe groben Unfugs. Wenn ich den Künstler als Heiligen verehre, dann ist alles um ihn herum Reliquie. Ein einmal heiliggesprochener Künstler verkauft alles, was ihn umgibt. Er wird zum Popstar. Diese Idee von der Aura des Künstlers geht so weit, dass sogar die Idee des Künstlers, seine Projektion auf einen Gegenstand, aus geradezu allem ein Kunstwerk machen kann."

Lea redet sich in Rage. Ich stimme ihr auch zu. Ich habe anfangs Kunst gesammelt, weil sie mich als Kunst verzaubert hat. Dann ist der Preis gestiegen. Jetzt liegen *meine* Kunstwerke in Zollfreizonen und ich habe sie noch nicht einmal betrachtet.

„Wie lässt sich das ändern? Wie kann ich eine Religion entzaubern?"

Lea stockt. „Finde eine Künstlerin, die sich von der Verehrung des Originals verabschiedet. Und was noch wichtiger ist: Zeige ganz normalen Menschen, dass Kunst mehr ist, als ihr Marktwert. Begeistere sie von dem, was Kunst bewirken kann!" Lea lacht. „Und vergiss nicht, deine Originale rechtzeitig los zu werden."

Ich greife nach ihrer Hand und drücke sie fest. Ein Vertragsabschluss. Das Experiment gefällt mir. Ich werde Menschen vom wahren Wert der Kunst überzeugen. Ich weiß auch schon, wo ich damit beginnen werde. Es wird nicht einfach, aber es wäre doch gelacht, wenn man nicht auch noch etwas richtig machen kann.

Notiz: Ein Zimmer ohne Fenster hat vielleicht den Vorteil, dass der gute Vorsatz nicht so einfach flüchten kann.

„Seid ihr völlig wahnsinnig?" Eva. Simon hat sie informiert. Deswegen schon der Empfang direkt an der Wohnungstür. An meiner Wohnungstür. Ich habe nicht gewusst, dass sie meinen Wohnungsschlüssel hat. Vielleicht ist sie aber auch nie gegangen, es ist Sonntag und als ich in der Früh weggegangen bin, war sie ja noch da.

„Wir haben wieder gesehen, wie ein Kaninchen explodiert ist." Ich weiß, ich sage *wir*, aber wenn du Eva kennst, ist das *wir* als Einstieg sicher nicht verkehrt.

„Lea hat es auch gesehen?"

Mist! Eva kennt mich ziemlich gut - ganz zu schweigen vom Grundmisstrauen der Lehrerin.

„Sie glaubt mir zumindest."

„Sie glaubt ja offenbar auch, dass man völlig straflos in ein offizielles Flugareal einsteigen kann."

„Womit sie ja auch recht hat." Außer man sieht ein bisschen Pfefferspray und fünf Stunden zu zweit in einem fensterlosen Zimmer als eine Strafe an.

„Das habt ihr nur Simon zu verdanken!"

Da liegt jetzt Eva nicht ganz daneben. Simon hat sich wirklich für uns schwer ins Zeug gelegt. Angeblich wird ja an sich jede Kleinigkeit an einem Flughafen schwer geahndet. *Luftfahrtgesetz*. Was für den Laien nach einem Pickerl-Gesetz für Piloten klingt, hört sich bei Simon eher wie die Kategorie *internationales Strafrecht* an. Angsteinflößend. Nichts für schwache Nerven. Simon kann erklären, warum: Wer das Luftfahrtgesetz nicht gehörig achtet, muss mit einer Strafe bis zu 22.000 Euro rechnen. Zweiundzwanzigtausend!! Ohne Unterschied, ob du unerlaubt mit einem sowjetischen Kampfjet landest oder eben nur kurz einen Zaun von der falschen Seite aus betrachtest. Zweiundzwanzigtausend! Da verstehst du auch, dass du für eine junge Polizistin nicht bloß ein Rotlichtüberseher an der Druckknopfampel, sondern ein potentiell gefährlicher Gefährder bist. So folgt fast zwingend das eine dem anderen: Luftfahrtgesetz, zweiundzwanzigtausend Euro, Gefährder schreit, Pfefferspray. Da kannst du keinem einen Vorwurf machen. Quasi self-fulfilling prophecy.

Simon sieht das als Anwalt freilich anders: Er trennt das menschlich Verständliche fein säuberlich vom rechtlich Vorwerfbaren und wirft beides in Justitias Waagschalen: das menschlich Verständliche seiner Mandanten in das eine Schälchen, das rechtlich Vorwerfbare gegenüber dem Staat in das andere. Und rein menschlich wäre seiner professionellen Meinung nach unsere anfängliche Überschreitung der zulässigen privaten Ermittlungstätigkeit bestenfalls ein zu viel an Hilfe, und damit entgegen dem Wortsinn zwar nicht *hilfreich,* aber weit entfernt von kriminell gewesen. Demgegenüber stünde am Ende der Amtshandlung mit Handschellen, Haft und Pfefferspray ein zu viel an rechtlichen Aktionen, die summiert betrachtet auch im Luftfahrtrecht eine Überreaktion belegen. Also ein Fressen für den ORF: Austro Control gegen Amnesty International.

Simon überzeugte nicht nur mich und Lea. Franitschek musste zwar eine Weile in der dünnen Akte blättern, zeigte dann aber mit einem grummelnden „Wo wären wir dann …?", dass er als Österreicher den Standort mitsamt Standpunkt durchaus, falls nötig, flexibel definieren kann. Simon verwies erneut aufs Menschliche, und darauf, dass im allgemeinen Sprachgebrauch ein *Vorsatz* auf der einen Seite genauso übertrieben wäre, wie auf der anderen Seite der Vorwurf *Polizeigewalt.* Wenn man sich darin einig wäre, dann wäre es konsequent, dass eben diese eine Seite nicht gleich zur Zeitung liefe, wenn man auf der anderen nur ermahnt. Franitschek ermahnte. Die junge Polizistin biss sich auf die Zunge. Lea und ich nahmen die Ermahnung *mit Respekt und Reue* an.

„Was hättest du an meiner Stelle denn getan?" Ich meine *Leas* Stelle, das wäre aber zu dick aufgetragen.

„Du meinst, wenn ich explodierende Kaninchen sehen würde?" Eva lässt sich seufzend auf meinem Sofa nieder. Auf dem Boden verstreut ein Dutzend Schularbeitenhefte. „Ich würde zum Psychiater gehen."

Ich überdrehe meine Augen. „Stell dir nur kurz vor, dass ich nicht fantasiere … Was würdest du an meiner Stelle tun?"

Eva stöhnt noch lauter. „Wenn tatsächlich laufend Kaninchen explodieren würden, fiele das doch auf. Und dann gäbe es sicher viele Stellen, die dafür zuständig wären und sich darum kümmern würden."

„Was würdest *DU* tun?"

„Nichts! Rein gar nichts! Du weißt schon: Zu viele Köche … Und: Steck' deine Nase nicht in fremde Sachen. Außerdem: DU FANTASIERST!"

Ich lasse mich in den großen weichen Sessel fallen. Es knackst. Ich kann den Bleistift unter meinem Sitzfleisch spüren. Ich werde ihn nicht fortnehmen. Ich kann es besser: einfach wegfantasieren.

„Und was würdest du machen, wenn du von heute auf morgen nicht mehr leugnen kannst, dass du dich als Handlanger eines religiös kapitalistischen Systems betätigst?"

„Sprichst du von deiner Arbeit? Ich würde Lea sagen, dass sie aufhören soll, dir solche Flausen in den Kopf zu setzen!" Eva, richtig bissig.

„Es geht hier nicht um Lea! Du weißt doch auch, dass ich Teil von einem Kunstmarkt bin, der jeden Bezug zur Realität längst verloren hat. Keine Kunst der Welt, nicht das allerbeste Werk, ist zig Millionen Euro wert." Ich fühle mich rebellisch. Immer noch.

„Die Realität ist, dass du das Riesenglück hast, dass dein Hobby dein Beruf ist. *Und*, dass du damit auch noch richtig gut verdienst. Es gibt schlimmere Schicksale." Sie sammelt ein paar Hefte ein.

„Was ist aus der Eva geworden, die einmal die Welt retten wollte?"

Ihr Blick durchbohrt mich. „Diese Eva muss bis morgen noch Schularbeiten korrigieren. Für ganz normale Kinder, mit ganz normalen Eltern, die ganz normale Sorgen und bei Kaninchen bloß Fantasien von süßen Streicheltieren haben."

Sie wendet sich von mir ab und blättert demonstrativ in einem der Schulhefte. Ihre Hand zuckt, sie sieht sich um. Ich bleibe auf dem Bleistift sitzen.

Notiz: Es ist frustrierend, wenn du hoch euphorisch unvermittelt auf den Alltag knallst.

Gutschein Schlösser knacken

„Werte Ladies, werte Gentlemen." Herr Dietmar. Herr Dietmar in Herrn Dietmars Wohnung. Er hat uns zu Gutschein Nummer drei zu sich nach Hause eingeladen. Ein großes Zimmer, Schlafraum, Küche, Bad. Ich mag die abgenutzte Wohnung mit ihrem alten, groben Bretterboden, der bei jedem Schritt an irgendeiner Stelle knarrt.

„Gutschein Nummer drei ist, wie ihr alle wisst, kein Gutschein nur für Sir Matthias. Es ist..." Lufttrommelwirbel. „Es ist ein Wettbewerb."

Lea hat mir das schon zur Wochenmitte angekündigt. Sie dachte, es würde mich entspannen. *Bei einem Wettbewerb stehst du nicht im Mittelpunkt. Alle spielen mit, alle haben gleiche Chancen.* Sie kennt mich noch nicht allzu lange. Ich war immer der, der bei einer Mannschaftsauswahl als Letzter auf der Linie stand. Ich war darüber niemals böse. Es war klar, dass man in einem Wettbewerb mit mir im Team nicht die allerbesten Chancen hat.

Ich bin trotzdem sehr entspannt. Eva ist wieder *auch* in ihrer Wohnung, ich habe zwei Werke auf den Markt geworfen und damit genug verdient, um das Experiment „Kunst für Atheisten" ohne große Sorgen anzugehen. Lea und ich sind schon auf der Suche. Die Mission: Ich soll einer Künstlerin oder einem Künstler in den internationalen Markt verhelfen, aber nur, wenn vorweg klar ist, dass der Erfolg nichts daran ändert, dass das Kunstwerk leistbar bleibt und vielen Menschen offensteht, also reproduzierbar ist - ohne Hinweis auf eine beschränkte Auflage oder ein exklusiveres Original. Drei Ateliers haben wir schon besucht und sind uns einig, wir haben noch nichts gefunden. Wir wollen etwas ganz Besonderes. Es muss neu und anders sein, wir wollen die *Kirche Kunst* in Frage stellen, im besten Fall ein Wittenberg des Marktes werden. Und außerdem: Wir wollen nebenbei auch noch gemeinsam das Rätsel um die Kaninchen klären.

„Bevor wir mit dem Wettstreit beginnen, noch ein Prost auf diesen Tag!" Herr Dietmar hebt das Bierglas. Simon, Lea, Eva, Erich, Peter, Tamara, Petra und ich stoßen mit ihm und untereinander an. Das geht ohne großes Sesselrücken. Wir sitzen an einem großen, runden Tisch. Wie neun Kegel. Es fehlt nur noch eine Kugel, die überm Tisch an einem Seil von der Decke hängt. Das wäre einfach. Einer stößt die Kugel an und wer von ihr getroffen wird ist raus. Das würde gut zu Herrn Dietmar passen. Keine Geschicklichkeitsparcours, keine Rätsel, eher etwas, das auf rustikales Trinkspiel macht.

„Wie ihr sicher schon bemerkt habt, habe ich heute ausnahmsweise nur ein kleines Bierglas." Eva und Tamara nicken. Es ist tatsächlich seltsam, extrem ungewöhnlich, aber ich muss mir eingestehen, mir wäre das selbst nie aufgefallen.

„Das ist eine Vorsichtsmaßnahme und hängt mit unserem Spiel zusammen. Und ja, mein lieber Erich: Ich hätte dir das schon früher sagen können." Herr Dietmar hebt das Glas in Richtung Erich, der schon die zweite große Flasche vor sich stehen hat.

„Für den weiteren Verlauf des Abends wurde mir aufgetragen, für Nachschub ohne zu viel Flüssigkeit zu sorgen ..." Simon stellt zwei Flaschen Schnaps und neun Stamperln auf den Tisch.

„Dieser Sir, der sich um das Wohlergehen der Gesellschaft sorgt, hat mir auch die Kunde zugetragen, dass Sir Matthias mit Lady Lea einen Teil des letzten Sonntags in einen Kerker gesperrt worden war."

Lachen und Prost-Rufe. Diese *Kunde* ist wohl nirgendwo geheim geblieben. Lea greift nach meiner Hand und hebt die so verbundenen Arme als Siegeszeichen.

„Einfach für Stunden ins Verlies geworfen! Man muss sich das vorstellen: Hilflos in der Kammer, auch noch leicht verletzt, die Augen tränen, Stunden voll Verzweiflung, nur der Trost der Zweisamkeit …"

Ich sehe, wie Eva frostig wird. Der Rest der Runde lacht.

„Diese Kunde war mir Auftrag, sie war mir Inspiration." Herr Dietmar endet theatralisch, weit ausgestreckte Arme, gesenkter Kopf. Tamara klatscht.

Simon nimmt auf ein Nicken Herrn Dietmars einen Laptop vom Regal und stellt ihn vor diesem auf. Ein bisschen Tippen, ein bisschen Fluchen, dann dreht Herr Dietmar den Bildschirm zur Runde. Youtube. Herr Dietmar startet ein Video: Sendung mit der Maus - Zylinderschloss.

„Wer kennt das nicht? Ihr kommt nach Haus vom Sport, seid total fertig, wollt einfach nur rein …" Ein Kind spaziert mit einem Fußball Richtung Verandatür. Der freundlichen Stimme aus dem Off ist die nahende Dramatik deutlich anzuhören. Trotzdem ein fröhliches Pfeifen im Hintergrund. *„…steckt den Schlüssel ins Schloss, wollt den Schlüssel umdrehen und: es geht nicht, es ist der falsche Schlüssel. Also den richtigen Schlüssel rausgesucht und dann funktioniert es."* Der Bub tritt ein und er ist glücklich. Deshalb also dieses Pfeifen. *„Aber: Wie genau weiß so ein Schloss, welcher Schlüssel zu ihm passt?"*

„Ja, wie funktioniert das, Ladies und Gentlemen?" Herr Dietmar stoppt das Video und grinst breit in ausnahmslos Verblüffung. Keiner zeigt auf, kein Schlosser und kein Schlüsseldiener unter uns.

Herr Dietmar startet wieder das Video. Der nette Herr aus dem Off erklärt, wie so ein Schloss ausgebaut wird, wie die Einzelteile heißen und wie alles funktioniert. Also der Kern steckt im Gehäuse und dreht die Nase, die das Schloss verriegelt. Das Gehäuse und der Kern haben je zehn Löcher. In den Löchern des Gehäuses stecken zehn Federn und zehn Stifte, die nicht die gleiche Länge haben. Im Kern stecken auch nochmal zehn verschieden lange Stifte, die für den Schlüssel oben eine Spitze bilden. Netter Weise gibt es dann auch noch Frau Beising, die das Ganze in einer Fabrik so zusammenbaut, dass der Schlüssel zu den Stiften passt. Und weil sie das so toll macht, verschieben die Zacken des Schlüssels die Stifte des Kernstücks genau so weit, dass alle Stifte mit dem Kernstück eine Linie bilden. Hurra! Der Schlüssel passt.

Alles sieht gebannt auf den Bildschirm. Es ist zwar die Sendung mit der Maus, es ist aber auch ganz schön kompliziert. Außerdem: Wir haben ja noch keinen Hinweis, was wir mit dem vielen neuen Wissen machen werden. Vielleicht geht es um das Kind mit dem Ball und wir haben das Allerwichtigste schon übersehen. Herr Dietmar wartet bis zum Ende und drückt dann auf Pause. Es ist still, Erich kippt einen Schnaps zum Abschluss, alles wartet, die Spannung steigt. Herr Dietmar genießt unsere Ahnungslosigkeit.

Sieben Köpfe drehen sich zu Simon. Der zuckt grinsend mit der Schulter. „Ich war nur bis hierher eingeweiht."

„Herr Dietmar hat den Wettkampf alleine vorbereitet?" Eva klingt beunruhigt.

Herr Dietmar grinst. Er nimmt eine Flasche Schnaps und schenkt uns ein. „Cheers, eure Lady- und Lordschaft. Runter mit dem Zeug, dann kann das Spiel beginnen."

Wir prosten unserem Henker zu.

Herr Dietmar geht ins Nebenzimmer. Es klingt, als würden tausend Eisenteile aufeinanderschlagen. Meine Zuversicht lässt nach. Es rasselt unaufhörlich. Wie wir Herrn Dietmar aus der Türe treten sehen, ist die Zuversicht im Keller. Da steht er wie ein Kerkermeister: neun Eisenketten und neun Vorhängeschlösser in der Hand.

Jetzt wird nicht nur Eva unruhig. Tamara, Petra, Peter, Erich, Simon, kurz: alle, die Herrn Dietmar kennen, stellen nervös bis ängstlich Fragen. Nur Lea sieht sich alles lächelnd an. Ich vermute, sie betrachtet das als eingespielte Gruppenübung, auch wenn sie die Regeln dieser Übung selbst nicht kennt. So, wie wenn jemand in Marokko einen Teppich kauft: Tee, Empörung, Geschrei, Rauswurf, Sonderangebot, Geschrei,

Tee, Empörung, bis dann endlich alle glücklich sind. Du kannst es als Alpenländler sehen, aber du verstehst es nicht. Lea weiß noch nicht, dass Herr Dietmar bisweilen auch für uns recht eigen ist.

Herr Dietmar beschwichtigt. „Meine Prinzessinnen und Prinzen, es bedarf keiner Sorge um das Wohlbefinden. Es ist alles bis zum Schluss durchdacht, TÜV-gerecht und idiotensicher. Haben Sie etwas Vertrauen. Der Zeremonienmeister, also meine Fürstlichkeit, wird Sie mit ruhiger Hand durch den Abend führen."

Herr Dietmar legt die Vorhängeschlösser und ein schwarzes Stoffsäckchen auf den Tisch, daneben die neun Ketten, jede rund einen Meter lang.

„Wer möchte beginnen? Freiwillige zuerst! Ich empfehle allerdings, davor aufs Klo zu gehen."

Lea zeigt auf. Alles sieht sie mit Ehrfurcht an. Andererseits: Wenn Herr Dietmar sogar an unsere Blasen denkt, dann hat er vielleicht wirklich alles gut geplant.

Ich lasse Lea nicht allein. Ich zeige als Nächster auf. Das bringt Bewegung in die Runde. Nach und nach hebt sich jede Hand.

Notiz: Wenn sich das präsumtive Opfer mutig zeigt, scheint die Gefahr für alle fast gebannt.

Herr Dietmar bittet uns, Platz zu nehmen. Er stellt sich theatralisch hinter Lea, legt die Kette mit dem Gehabe eines Magiers um sie und ihre Rückenlehne, verbindet die Kettenenden mit dem Vorhängeschloss auf Nabelhöhe und schließt ab. Dann die Kontrolle, ob die Kette wohl nicht über die Lehne gezogen werden kann. Alles in bester Ordnung. Der Schlüssel darf auf den Tisch zu dem kleinen schwarzen Sack.

Ringsum herrscht Erleichterung. Herr Dietmar ist kein Folterknecht. Vermutlich müssen die Schlüssel in das Säckchen und dann wird so lange reihum blind gezogen, bis irgendwo der Schlüssel passt. Wahrscheinlich in Kombination mit einem Ratespiel. Seltsam, aber nicht verboten und auf den ersten Blick auch ungefährlich.

Herr Dietmar geht reihum und macht seine Sache sehr gewissenhaft. Abschluss, Kontrolle, Schlüssel zu dem Säckchen. Es wird gewitzelt und gelacht, Erich will noch ein letztes Mal aufs Klo, vor Beginn wird sein Schloss sogar wieder aufgemacht. Selbst Eva ist nicht unzufrieden. Lea sowieso. Die Kette liegt nur um den Bauch, man kann also ganz ungehindert beide Hände frei bewegen. Kein Vergleich insofern zum letzten Sonntagnachmittag.

Zuletzt schließt sich der Zeremonienmeister selbst noch ab. Auch er legt den Schlüssel zu dem kleinen schwarzen Sack.

„Werte Countess und Earls, liebe Teilnehmende am Wettbewerb!" Herr Dietmar versucht aufzustehen, besinnt sich und hält sitzend seine Rede. „Wir sind alle mit einem Schloss an einen Stuhl gebunden."

„An einen Thron, Herr Baron." Erich zieht seinen Lufthut in Herrn Dietmars Richtung. Alles lacht. Nicht nur wegen der Schnäpse. Nervosität im Zimmer und wer nervös ist, lacht.

„Danke für den Hinweis, Sir. Wie auch immer: Es liegt auf der Hand, dass wir die Aufgabe haben, uns zu befreien. Und es wird nicht verwundern, dass der- oder diejenige der oder die als Letzte noch angekettet ist, den Wettstreit verloren hat."

Simon trommelt zustimmend mit den Fingerknöcheln auf den Tisch. Es gibt keinen Widerspruch. Alles trommelt.

„Etwas zum Schmausen gibt es erst, wenn sich alle befreien konnten. Das bedeutet, dass die Gewinner wegen des oder der Letzten darben. Es ist daher ihr gutes Recht, auf sie zu fluchen. D'accord? Sind wir uns einig?"

Wieder lautes Trommeln. Jeder weiß, dass Herr Dietmar nicht gerne auf sein Essen wartet. Es wird garantiert ein kurzes Spiel.

„Die erste Regel lautet also: Alle, die sich befreien können, dürfen einen oder eine hinter sich mit einem Fluch belegen. Der Fluch wird aber nur wirksam, wenn der oder die Verfluchte wirklich Letzter wird." Alle trommeln.

„Gibt es für den Fluch eine Regel?" Eva.

„Nein, es gibt keine Regel. Wir sind erwachsen und sollten wissen, wo die Grenzen sind. Aber ..." Herr Dietmar hebt den

Zeigefinger. „... es gibt natürlich wie bei jedem guten Fluch auch die Chance, erlöst zu werden. Alle, die sich selbst befreien, können auf ihren Fluch verzichten und dafür einen anderen Mitspieler vom Fluch befreien. Wenn dann aber der vom Fluch Losgesprochene Letzter wird, geht sein Fluch auf den Erlöser über."

Jetzt wird es kompliziert.

„Wenn Peter sich befreit und mich verflucht und sich dann Petra befreit und mich von diesem Fluch erlöst, trifft Petra mein Fluch, wenn ich die Letzte bin." Tamara. Langsam und verständlich.

Jetzt habe ich es auch kapiert. Alles trommelt. Ich hätte nie gedacht, dass Herr Dietmar ein Spiel mit so vielen Finten gestalten kann.

„Nachdem alle Duchesses und Dukes die Regeln verstanden haben, schreite ich zum Wesentlichen." Herr Dietmar greift zum schwarzen Säckchen. Es klimpert. Er schnürt das Säckchen auf und leert den Inhalt über der Tischplatte aus. Es sieht nach vielen Werkzeugteilen aus. Dünne flache Stifte, an der Spitze kleine Haken. Er packt die Schlüssel in das Säckchen.

„Das sind Dietriche und alles andere, was man benötigt, um ein Schloss zu knacken."

Es ist plötzlich furchtbar still.

Herr Dietmar grinst zufrieden in die große Runde. „Der Wettstreit kann beginnen!" Er nimmt das Säckchen, in dem jetzt die Schlüssel sind, und wirft es aus dem Fenster.

Ein Kegel lacht, die anderen acht sind völlig fassungslos.

Notiz: Wenn du wie Herr Dietmar denkst, ist es gut, wenn deine Freunde angekettet sind.

Erich trinkt, Eva flucht, Tamara googelt, Simon versucht es mit Schlangentechnik, Petra und Peter üben Sesselhüpfen, aber keiner weiß wohin, Herr Dietmar grinst. Ich bin wie immer, wenn eine Situation mich überfordert. Ich bin ruhig und sehe zu. Manchmal ergibt sich etwas, manchmal ist es auch nur von Vorteil, wenn du quasi nicht vorhanden bist.

Wenn sich etwas ergeben könnte, dann vielleicht bei Lea. Sie scheint von dem ganzen Trubel völlig unberührt. Sie hat sich seelenruhig zwei der Werkzeugteile vom Tisch genommen und stochert damit in ihrem Schloss herum.

„Weiß jemand, wie das funktioniert?" Lea. Tonfall alte Frau am Ticketautomaten. Laut, Erwartungshaltung klar, dass jemand kommt und hilft. Keiner kommt. Trotzdem wie die Pausetaste in der Chaosphase. Kein Gehüpfe mehr, kein Gefluche, alles sieht zuerst zu Lea, dann zum Zeremonienmeister.

„Ich habe keine Ahnung, liebe Marchioness und Marquess, da wäre ich ja im Vorteil. Aber es kann nicht allzu schwer sein." Herr Dietmar nimmt sich eines von den Werkzeugteilen. „Ich habe das ganze Zeug von einem Freund, der vereinsmäßig Schlösser knackt. Er meint, mit ein bisschen Übung sind die Schlösser in zwei Minuten auf."

„WIR HABEN KEINE ÜBUNG!" Eva.

„Dazu ist Ihre Ladyschaft ja heute hier."

„Und hat Seine Lordarschschaft wenigstens eine Anleitung für uns?! Wofür sind diese Dinger?" Eva nimmt das Werkzeug in beide Hände und lässt es geräuschvoll auf die Tischplatte fallen. „Kleine Häkelnadeln? Und was sind diese halben Kreuze für komische Teile?"

„Der Stift mit der Nase vorne nennt sich Hook, also Haken, und das, was wie ein abgeflachter Inbusschlüssel aussieht, ist ein Spanner." Tamara. Ich dachte, sie googelt nach einem Schlüsseldienst. Stattdessen vergleicht sie schon die Eisenteile mit dem Bildschirm ihres Handys. „Und das da ist eine Schlange … Wikipedia. Stichwort: Lockpicking."

Alles zückt das Handy. Ich mache es den andern nach.

Es ist schon erstaunlich. Assoziation Schlösserknacken bisher Einzelhaft, Haus des Geldes, mein altes Fahrrad, Darknet. In Wahrheit aber Hobby, Tutorial, internationales Ranking, Amazon, Einsteigerset. Und supereinfach! Das sagt der Mann schon im ersten Youtube-Video. So einfach, dass das nicht nur er, sondern auch noch seine Freundin kann! Eva sieht es auch. Sie ist empört *und* entspannt.

Ich nehme mir schon einmal einen Hook und einen Spanner. Lea, Tamara, Herr Dietmar, Petra und Peter haben auch schon zugegriffen. Eva empört sich noch ein bisschen als Feministin, Simon ist als nur beinahe Schlangenmensch behindert, weil mit beiden Armen eingekeilt. Erich nimmt den Schnaps von Lea, weil er schon vom Dartspiel weiß, dass das Feingefühl *mit einer leichten Wechten* deutlich steigt. Fast alle also nunmehr theoretisch vorgebildet, fast alle haben einen Plan.

Ich setze mit dem Spanner *den Kern des Schließzylinders gefühlvoll unter Spannung* (Wikipedia). Dann mit dem Haken in den Schlitz. Der erste Stift ist wie beschrieben spürbar unter Druck. Ich drücke ihn ganz leicht nach unten und der Widerstand wird deutlich leichter. Der Stift ist gesetzt. Jetzt Nummer zwei. Ich drücke wieder. Ein leichtes Zittern. Nummer eins ist wieder oben und Nummer zwei im Weg. Wieder Nummer eins gedrückt, Nummer zwei gesetzt, Nummer drei… Und von vorne. Nummer eins gedrückt. Von vorne. Das kann ja heiter werden. Blick in die Runde. Alle Blicke konzentriert auf ihren Schoß. Stöhnen, seufzen, fluchen, da und dort Sekundenoptimismus. Simon hat auch schon beide Hände frei und prüft sein Einbruchswerkzeug. Blick aufs Handy, Blick auf den Dietrich, hin, zurück.

„Ich habe eine Schlange!" Simon klingt wie Erich, wenn er merkt, dass er Tofu isst. Bei Erich schauen aber alle hin und lachen. Bei Simon keine Reaktion.

„Leute, so geht das nicht! Das ist kein fairer Wettbewerb." Simon trommelt mit seinem Dietrich auf den Tisch.

„Was ist mit deiner Schlange?" Tamara fragt ohne Aufzusehen.

„Eine Schlange ist fürs Harken gedacht. So nennt sich eine Technik für den Profi. Und, ich zitiere Wikipedia: *Selten nur gehen Schlösser durch einfaches Harken auf.*"

Jetzt von da und dort doch ein Lachen. Herr Dietmar legt den Dietrich weg.

„Das schreit nach einer Unterbrechung, meine Baronessen und Barone!“ Herr Dietmar nimmt den Schnaps und schenkt sich ein. „Waffenvergleich!“

Langsam lösen sich alle von ihren Schlössern und zeigen ihre Instrumente. Überall ein Spanner, sieben haben einen Haken, zwei haben Schlangen. Außer Simon auch noch Eva. Beidseits Entsetzen. Wie kann es sein, dass die beiden stärksten Alphatierchen die Arschkarten gezogen haben?

„Sieben Haken, zwei Schlangen.“ Herr Dietmar kippt das Glas. „Ich schlage vor, dass Lady Viper und Sir Snake beim ersten Erfolg eines Peers, das Recht auf Waffentausch haben. Die Lady zuerst.“

Sechs Peers trommeln. Herr Dietmar ist zufrieden. Eva sieht aus, als würde sie ihre Schlange am liebsten in Herrn Dietmar bohren. Simon hilft gedanklich mit ein paar Stichen nach. Wenn nicht bald jemand etwas tut, endet Gutschein Nummer drei mit Blutvergießen.

Ich melde mich. „Simon, du hast mich gerade aus dem *Kerker* geholt, um unseren Master of ceremonies zu zitieren. Ich würde sage, ich schulde dir etwas …“ Ich schiebe meinen Hook zu Simon. Er zögert nur kurz, dann nimmt er dankbar lächelnd an. „Mach schnell und sag mir dann, wie es funktioniert.“

Zwei Tritte in meine Schienbeine. Eva links, Lea rechts. Links fordert für sich selbst, rechts versteht nicht, dass ich scheinbar selbstlos bin. Zuerst Schulterzucken nach Gegenüber. Evas Blick tritt nochmal fester. Dann Schulterzucken zu der Nachbarin. Von Lea kommt ein Blick, der Herzen schmelzen kann.

Notiz: Die ewig Besten können nicht verstehen, dass eine miserable Ausrüstung der beste Freund des Schlusslichts ist.

Tamara schafft es als Erste. Ein Klicken, das Schloss springt auf, großer Jubel. Überall Erleichterung. Tamara quasi Erstbesteigerin. Der Beweis, dass der Gipfel machbar ist. Tamara verflucht Herrn Dietmar, nie mehr einen Wettkampf auszurichten. Überall nur die große Sorge, dass Herr Dietmar nicht verliert.

Tamaras Hook geht an Lady Viper. Jeder akzeptiert, dass Tamara auch noch zeigt, wie der Haken funktioniert. Ansonsten alles wie zuvor. Simon ist in sein Schloss versunken, Peter leuchtet Petra mit dem Handy, Lea schenkt wieder Erich ein, Erich ist schon sehr entspannt. Ich übe mich im Spannen und versuche mit der Schlange ein Gefühl für das System zu kriegen. Lea wollte mir ihren Haken geben, sie hat dann aber Evas Blick gesehen und zum Glück nicht noch einmal gefragt.

Seit dem Start ist es eine halbe Stunde her. Wenn es mit viel Übung in zwei Minuten geht, ist jetzt vielleicht schon so viel Übung, dass auch der Nächste seinen Countdown zählt.

Simon schafft es. Schlag auf den Tisch, tiefes Stöhnen, Gorillaschlag. Vor Freude übermannt. Er wirft mir den Haken zu, lässt die Kette rasselnd auf den Boden fallen, lehnt sich befreit zurück.

„Dein Fluch…?" Der schon verfluchte Zeremonienmeister.

Simon lehnt sich nach vorne auf den Tisch, atmet tief ein und fixiert sein Gegenüber. „Meine liebe Lea, ich hoffe, ein Fluch kann auch Gutes tun. Du bist so impulsiv. Und starrköpfig noch dazu."

„Sag schon." Lea lacht.

„Ich verfluche dich, den Flughafen und das Rundherum ohne mich für die nächste Zeit nicht mehr zu betreten."

Eva kickst, Lea kurz wie eingefroren.

„Du spinnst!" Lea.

„Ich mache mir nur Sorgen." Simon sieht *mich* an, er bemerkt es, Blick zu Lea.

Herr Dietmar greift ein. „Eure Hochwohlgeborenheit! Der Fluch ist ausgesprochen, da lässt sich nichts mehr machen. Wie Eure Gnaden aber wissen, wirkt der Fluch nur beim Verlierer. Also: Weitermachen!"

Lea beißt sich wütend auf die Lippe und schickt Simon mit ihren Augen Giftgebräu und Krötenregen. Sie will mit ihrem Dietrich weitermachen, zittert viel zu stark, schenkt sich

Hochgebrannten ein und macht auch das Glas von Erich wieder voll. Ich halte ihr mein leeres Stamperl hin, sie wehrt ab. „Du bleibst nüchtern."

Petra macht den dritten Platz und verflucht Peter zu einer Woche veganem Essen. Peter folgt ihr und hebt gegen allgemeinen Widerstand den Fluch Tamaras über Herrn Dietmar auf. Herr Dietmar ist der nächste, lässt sich wie bei Hofe feiern, verzichtet als Schlossherr auf den Fluch und spendet allen, die noch kämpfen, seinen Segen.

Nach fünf Kegeln verbleiben somit nur ein Fluch und Eva, Erich, Lea, ich.

Evas Schloss schnappt fast lautlos auf. Ihr *hah* dennoch überdeutlich. Sie legt die Kette auf den Tisch und lächelt. Sie lächelt nur für mich. Kein allzu nettes Lächeln. Meine Nackenhärchen stellen sich in Sorge auf.

„Mein Fluch trifft Matthias." Sie macht eine lange Pause. Sie scheint noch zu überlegen. Die Spannung steigt. Lea greift wie instinktiv nach meiner Hand und lässt sie wieder los. Nur ein kurzer Hauch. Eva sieht mich und Lea an. Unsere Hände sind unterm Tisch verborgen, es ist aber, als ob der Hauch auch Eva überzieht. Ein Zucken.

„Ich will, dass Matthias Lea küsst."

Notiz: Wenn du dachtest, dass Eva quasi für den Alltag steht, hast du ohne Zweifel etwas übersehen.

Ein Sturm. Ein heftiges Gewitter über Eva. Simon der Donner, Blitze von den Frauen. Keiner allerdings von Lea. Sie eher wie vom Blitz getroffen. Auch Eva eigenartig unvorbereitet. Sie hat es ausgesprochen und war wie von sich selbst erschrocken. Ich mache es wieder wie gehabt und versuche mich im Trubel zu verstecken. Wenn du den Kopf senkst ist das fast so effektiv wie als Kind beim Guguck-Versteckenspiel.

„Order, Ordeeer!!!" Herr Dietmar als John Bercow. „Behave yourselves!" Herr Dietmar brüllt so lange, bis endlich alle stumm sind. Man sieht Speaker Bercow an, dass er an dem Chaos seine Freude hat. „Lady Viper, Lady Viper …" Herr Dietmar betont genussvoll seine Kreation. „Sie haben einen

Fluch ausgesprochen, es ist aber unklar, wen der Fluch tatsächlich trifft."

Eva räuspert sich. „Ich habe Matthias gesagt."

„Sie haben Matthias gesagt, aber Sir Matthias kann den Fluch wohl nicht alleine erfüllen. Lady Lea ist in gewisser Weise mitbeteiligt."

„Damit hat sich das auch schon erledigt …" Simon. Richtig sauer.

Herr Dietmar ist nicht überzeugt. „Da Lady Leas Mund betroffen ist, würde ich das gerne auch genau aus diesem Mund erfahren."

Alle Blicke richten sich auf Lea. Meiner inklusive, Schluss mit dem Verstecken.

Leas Augen prüfen Simon. Dann ein kurzer Schwenk zu mir, wieder zu Simon und dann zu Eva. Ein Lächeln. Eva lächelt zurück. Wenn die Inuit vierzig Worte für Schnee haben, warum haben wir so wenige für ein Lächeln? Dieses hier wie Eis. Nicht das zum Schlecken. Eis wie Winter, Erfrierung, weiße Wanderer …

„An mir soll es nicht liegen ..." Lea.

Noch immer dieses eisig kalte Lächeln. Eva nickt. Lea nickt zurück.

„Dann hätten wir das geklärt." Herr Dietmar von dem Schauspiel unbeeindruckt. „Ein Gläschen feinster Brennkunst und es geht weiter." Er schenkt ein. Alle trinken.

Lea, Erich und ich fangen wieder an zu stochern. Erich wirkt schon etwas unbeholfen. Er streicht mit dem Dietrich um das Schloss. Vielleicht schon zu viel Feingefühl. Lea schenkt ihm nochmals ein.

Eva noch immer mir gegenüber. Simon ist mit Peter, Petra und Tamara in der Küche. Von dort zwar auch kein lautes Johlen, aber gefühlt trotzdem um ein paar Grad wärmer als rund um Lady Viper. *Lady Viper*. Ich darf das gar nicht denken, der Name bleibt noch hängen. *Eva* ist schon die ganze Woche stimmungstechnisch eher in den Tälern als auf Sonnenhängen. Und bei Lea hat sie sich in irgendetwas schwer verrannt.

„Du hast noch gar nichts gesagt." Eva. An mich gerichtet.

„Was soll ich sagen?" Ich hasse solche Situationen. Wenn ich etwas sagen wollte, hätte ich es schon getan.

„Fällt dir dazu rein gar nichts ein?"

Ich wippe verlegen mit dem Stuhl. „Simon hat es eh schon angedeutet."

„Was hat Simon angedeutet?" Evas Stimme wie ein Seufzer.

„Ich glaube nicht, dass mich Lea wirklich küssen will."

Evas Blick wie ein Vorschlaghammer. Sie springt auf und stößt den Tisch in meine Richtung. Ich wippe, die Hände im Schoß, der Körper an den Stuhl gebunden.

Notiz: Manchmal, wenn du das Gleichgewicht verlierst, gibt es einen Punkt, der fühlt sich an wie Schwerelosigkeit. Schade, dass man diesen Punkt nicht halten und genießen kann.

Rettungssanitäter sind nette Menschen. Außerdem sind sie verpflichtet, den begründeten Verdacht von Straftaten, die eine Körperverletzung zur Folge haben, auf der Stelle anzuzeigen.

Wenn der Bewusstlose aus einer Platzwunde am Hinterkopf blutet, erster Verdacht. Ist er statt vom Sessel gefallen, an diesen gekettet, Verdacht begründet. Da brauchst du gar keine Phantasie. Im Gegenteil. Wenn du als Sanitäter nur mit viel Phantasie verstehen kannst, warum das Blut in die Bodenritzen fließt, dann ist das Spekulieren eigentlich fast schon zwingend die Arbeit der Kollegen mit der blauen Uniform.

Die Erstversorgung trotzdem ohne Rücksicht auf die SpuSi. Und weil der Sanitäter eher auf feine Schnitte vorbereitet ist, also für eine Eisenkette keinen Bolzenschneider in der Tasche hat, auch noch der Anruf bei der Feuerwehr. Große Blaulichtdiskothek. Insgesamt also auch eine Situation, wo sich früher der Nachbar auf seinen Auftritt im ORF vorbereitet hat. Heute gibt sich der Staatsfunk freilich nur noch europäisch und der brave Bürger muss die Welt ganz alleine über die kleinen, aber wahren Katastrophen informieren.

Ich bin schon eine Weile wieder wach. Ich versuche, nicht zu Herrn Dietmar hinzusehen. So viel Elend. Ich wünschte, er wäre so betrunken wie Erich. Der liegt neben mir und wird mit einer Infusion Kochsalzlösung aufgepäppelt. Lea an meiner anderen Seite. Aufmunternder Blick. Anordnung der Polizei. Die Aufteilung, nicht der Blick. Diejenigen, die von den Ketten befreit werden mussten, auf die eine, der Rest auf die andere Seite. Täter-Opfer-Separierung. Auf der anderen Seite allerdings nur Herr Dietmar, Eva und Simon. Ich vermute, Tamara war so klug, sich rechtzeitig mit Petra und Peter aus dem Staub zu machen. Ich muss grinsen.

„Der gefallene Ritter lächelt. Muss ich mir Sorgen machen oder sind das nur die Schmerzmittel?" Lea. Sie kniet neben mir auf Hüfthöhe, so, dass der Sanitäter ausreichend Raum zur Versorgung meiner aufgeplatzten Wunde hat.

„Ich habe nur daran gedacht, dass Tamara quasi auf der Flucht ist."

„Wer?" Der Rettungssanitäter. Er zieht einen Strumpfverband über mein Haupt.

„Eine Netflix-Serie …" Lea lächelt. Kurze Skepsis in der roten Uniform. Anzeigepflicht aber schon erledigt und die Platzwunde auch nichts für die Autopsie. Lea drückt fest meine Hand. Sie sieht mich mit den großen Augen der Verschwörung an.

Warum hält sie meine Hand?

Blick zu Eva. Sie verfolgt das Treiben in der kleinen Wohnung mit einem Ausdruck … der Fassungslosigkeit? … der Wut? … von Angst? … des schlechten Gewissens? … der Selbstverachtung? Seltsam, dass man so viele Emotionen in einem Paar brauner Augen mischen kann. Demgegenüber wirkt das klare Elend des Herrn Dietmar geradezu beruhigend. Der Polizist folgt meinem Blick und sieht es auch. *Brandstifter reibt sich schuldbewusst die kalte Asche aus den Augen.* Das Paradeopfer für den Nachwuchskriminalbeamten. Er legt die Kette auf den Tisch und setzt den Schritt in Richtung Eva.

Simon stellt sich vor Eva.

Ich will auch. Ich will wie Simon Eva schützen.

„Wir sollten endlich weiterspielen!“ So laut gerufen, dass der große Gong im Kopf gehörig dröhnt. Das ist der Nachteil, wenn man frisch verwundet ist. Der Vorteil ist, dass die Überraschung allseits so groß ist, dass der zweite Satz auch leise ausgesprochen seine Wirkung nicht verfehlt. „Versteht mich nicht falsch: Ich bin nur deswegen ein wenig aus dem Gleichgewicht gekommen, weil ich zum Schaukeln zu tollpatschig bin. Das war ein Missgeschick, kein Umfaller. Ich habe noch lange nicht w.o. gegeben. Ich will sofort wieder angekettet werden.“

Kurze Stille. Danach Chaos. Was bei einer Straftat wohlgeordnet war, macht bei einem Unfall plötzlich keinen Sinn. Keine Befreiung, keine Opfer, keine irren Täter, kein mit Handschellen gefesselt in den Wagen schieben. Und für den Nachbarn keine Story. Alles nur Idioten, die für Escape Room zu blöd sind und deswegen Panzerknacken üben. Wäre da nicht Eva, ich würde es mir überlegen und doch noch den armen Prügelknaben spielen. Zum Glück ist meine Wunde echt. Es wäre Jammerschade, wenn ich für die netten Menschen von der Rettung auch nichts als Enttäuschung bin.

„Sie wissen schon, dass Sie vielleicht eine schwere Kopfverletzung haben, die wir nur beim Röntgen finden?“ Der Sanitäter. Keine Enttäuschung, nicht einmal im Unterton. Abgeklärt. Vielleicht ein wenig erschöpft. Er erklärt einem am Boden liegenden Verletzten, dass der Körper Grenzen kennt. Ihm ist die jahrelange Erfahrung mit steirischem Brauchtum förmlich ins Gesicht geschrieben.

Ich nicke.

Eva kommt zu mir und beugt sich über mich. „Du Idiot, du musst dich untersuchen lassen!“ Sie sagt es nett. Furchtbar nett. Wunderbares Bernstein in den braunen Augen.

Ich lege meine Hand auf ihren Oberschenkel. Weil er schön ist und weil ich mich vergewissern will, dass meine Hand nicht von anderen gehalten werden kann. Ich schüttle meinen Kopf. Korrekt: Ich drehe ihn nach links und dann nach rechts. Auch das tut weh.

„Ich muss noch spielen!"

„Du musst nicht und du darfst nicht!" Sie nimmt meine rechte Hand in die ihre. Meine Hand am Oberschenkel lässt sie liegen.

„Ich denke, ich muss dir noch etwas beweisen." Schnelles Augenzwinkern. Sie ist so hübsch, ich muss zumindest beweisen, dass ich für sie spielen kann.

„Du Idiot. Es tut mir so leid, ich wollte dir nicht weh tun. Ich weiß gar nicht, was in mich gefahren ist …"

Kurzer Blick zum Sanitäter. Ihm ist es egal. Er hat seine Pflicht getan.

„Ich bin noch verflucht und ich will nicht mit diesem Fluch aus dieser Wohnung gehen."

Eva küsst mich.

Ich schließe die Augen. Dann wird alles still.

Notiz: Der Wille wird schwach, wenn er merkt, dass die letzten Worte durch ihn nicht zu übertreffen sind.

Flughafenumrundung

Eva hat drei kleine Narben, dort wo ihr rechtes Ohrläppchen beinahe den Hals berührt. Drei kleine helle Striche auf der nicht blassen, aber auch nicht dunklen Haut.

„Ich habe als Kind auf einem Glastisch getanzt."

„Zu wilde Musik?"

„Dancing Queen. Abba mit zu viel Begeisterung."

Ich muss lachen. Ins Ohr gehustet statt wie geplant ein sanfter Kuss.

Eva war wunderbar. Im Krankenhaus der reinste Engel. Ein cooler, lustiger, vollkommen hysteriefrei besorgter Engel. Trotz der Tränen in den Augen beim Befund. Und ja: Tränen der Erleichterung. Ich sterbe nicht. Angeblich ganz normal, dass der Schädel bei so was brummt.

Danach bei mir zuhause auch keine Spur von Lehrerin. Lustige Geschichten aus unserem Leben, immer wieder neue alte Bilder, großartiges Gedankentennis und wir selbst das beste Publikum. Drei Tage wie entrückt. Wieder ein bisschen wie damals in der Schule, nur, dass meine Blicke damals nichts bewirkten und plötzlich eine Verstärkung dessen sind, was sie im Gegenüber sehen. Eigenartig, wie meine Freude Begeisterung und meine Bewunderung noch mehr Schönheit produzieren. Das Ganze auch noch am nächsten Morgen, also nicht nur für den Augenblick.

Und der Bonus: Eva und Simon haben wegen meines Unfalls ein richtig schlechtes Gewissen. Kein Fluch, keine Vorwürfe, keine Sticheleien. Meine Projekte mit Lea sind, was ich schon immer dachte, dass sie es sind: kein Problem. Was die Kunst betrifft, ist auch schon ein Funken Fortschritt spürbar. Wir haben in Feldbach einen Mann besucht, der schräge Dinge denkt, die Gedanken formt und sie dann in Bronze gießt. Eigentlich nicht der Einführungskurs für Skeptiker. Der Falter als philosophisches Fundament, Empörung über das Nichtempören, Anklage gegen die Heuchelei der grünen Wäschereien, ein Baum, ein toter Vogel, viel Draht und Stahl, in Ton gepresste Blasen, das Ergebnis nur erahnbar, weil es bis zum Bronzeguss noch reichlich Ton, Silikon und Hitze braucht und Leas Frage nach dem CO2-Verbrauch ein Stimmungstöter ist. Trotzdem ein Lehrstück dafür, dass erstens der Künstler ein Gefühlsmensch ist und zweitens, dass der Prozess des kreativen Schaffens oft einen Kern hat, der, weil er hässlich oder fade wäre, so lange bearbeitet wird, bis er ansehnlich oder zumindest imponierend ist. Ersteres ist Naturgesetz. Letzteres kann sein, quasi wie Wirtschaft und Innovation. Leas Begeisterung auch mehr über den Typus Künstler als über die Kunst. Die Rückfahrt eine durchgehende Parodie des Rauswurfs. *Hat irgendwer Rodin gefragt, ob er seinen Denker nicht lieber in Holz schnitzen möchte?* Lea mimte den empörten Künstler, brummte aber wie Gevatter Bär im Volksschultheater. *Wissen Sie, wie viele Bäume man als Ausgleich für die Freiheitsstatue pflanzen müsste?* Ich wollte beschwichtigen, konnte aber nur noch lachen und bin schließlich auch noch eingestiegen. *Der Weg darf nicht zurück von der Bronze- in die Steinzeit führen.* Tonfall eines Kanzlers. *Sagt ihr beiden etwa auch Anselm Kiefer, er soll in Zukunft kleiner malen?* Irgendwann ist alles lustig. Und die Fahrt mit dem Zug von Feldbach nach Graz ist lang. Und die Bühne groß. Wäre nur *ein* Künstler im Abteil gesessen, ich hätte die Hälfte meiner Klientel verloren.

„Woran denkst du?“ Eva. Ich liege auf der Couch. Eva steht an meiner Kopfseite. Sie beugt sich über mich. Ihr Kleid hat vorne einen Reißverschluss. Für mich das große Dekolleté. Sie blickt mir in die Augen, schmunzelt, will, dass sie sieht, dass ich nicht in ihre Augen sehe.

„Ich habe nur an die gestrige Zugfahrt gedacht. Mit Lea. Wir hatten richtig Spaß." Das Timbre in meiner Stimme soll verraten, dass es egal ist, was ich sage, weil ich gedanklich schon ganz woanders bin. Ich schließe meine Augen und spitze meinen Mund. Ich warte. Ich höre einen Reißverschluss und frage mich, woher ich weiß, dass der Verschluss genauso nur beim Zuziehen klingt.

Notiz: Der sexhungrige Unterton einer Aussage sollte dem Inhalt der Aussage nicht diametral entgegenstehen.

Erneut am Flughafen Graz Thalerhof. Erneut mit Lea.

Eva ist damit ausdrücklich einverstanden. Sie hat sich für ihre Reaktion entschuldigt. Ich bin nicht darauf reingefallen und habe mich meinerseits entschuldigt. Außerdem ausdrückliches Verständnis meinerseits. Freundschaft ja, auch zu einer Frau, aber im Bett hat der Freund nichts verloren. Auch nicht in Gedanken. Nicht einmal in unschuldigen Gedanken. Das versteht jeder. Da ist Ende vom Dekolleté, da kannst du noch so schnurren. Ich vermute, Eva hat mich schließlich trotzdem nur geküsst, damit ich noch vor dem nächsten Lapsus mit dem Geschwafel fertig bin.

Jetzt bin ich also wieder mit Lea am Flughafen. Im Nordwesten. Bei den Bauschutthalden. Expedition. Lea hat sich zwei Ferngläser ausgeborgt. Von Birdern, schon daher allerbestes Material. Lea zeigt mir Turmfalken, Stare, Hausrotschwänze, Zilpzalpe, Mönchsgrasmücken, Steinschmätzer und Kiebitze. Mir wird bewusst, dass es in meiner nächsten Umgebung unzählige Tiere gibt, die ich bisher nicht einmal dem Hören nach kannte. Bei allem, das kleiner als eine Hornisse ist, war mir das schon immer klar. Bei Vögeln bin ich aber mehr oder minder von der Vogelhochzeit als Grundstock der Avifauna ausgegangen, plus den großen Greifern, die aus Selbstschutz nicht zur Feier eingeladen waren. Außerdem waren da noch die Klassiker, wie Shakespeares Nachtigall.

Wenn du oft genug von ihnen gesungen oder gelesen hast, meinst du irgendwann, du würdest sie auch kennen. In der Realität musst du dir jedoch rasch eingestehen, dass du weder Nachtigall noch Lerche von einer Amsel unterscheiden kannst, auch nicht bei einer Gegenüberstellung mit Gesangseinlagen. Lea erzählt mir hingegen beiläufig, dass sie rund um den Flughafen regelmäßig über hundert Vogelarten beobachtet hat. Damals, als sie sich mit Birdern angefreundet und für die Kleider der Vogelwelt zu interessieren begonnen hat.

„Die Details für meine Kreationen habe ich dann aber doch aus Büchern. Es gibt zum Glück Menschen, die die unterschiedlichen Farbschattierungen der Tierwelt genau studieren.“ Lea dreht sich so zu mir, dass ihre Umhängetasche gut zur Geltung kommt. Eine breite Stofftasche mit einem auffällig braun gemusterten Überschlagdeckel.

„Bussard?“ Ich könnte genauso gut Hausspatz sagen.

„Uhu.“ Lea lächelt stolz. Ich sollte etwas Anerkennendes sagen, mir fällt zu *Uhu* aber außer Klebstoff gar nichts ein. Ich lächle so gut ich kann.

„Der Uhu ist ein echter Künstler im Tarnen.“

Aha. Lea will sich tarnen. Deswegen auch die Jacke mit den Toskana-Farben. Camouflage für Pazifisten. Mir schwant nichts Gutes.

„Die Kaninchen sind in dieser Gegend nicht gerade scheu. Du kannst hier jedes Vieh auch im Glitter beobachten. Ich wette, Uhu ist das einzige, das sie potenziell verschrecken kann.“ Lea sieht mich mitleidig lächelnd an. Mir schwante offenbar nicht zu Unrecht. Sie will die Kaninchen nicht beobachten.

„Du willst eines fangen?“ Bitte sag ja. Kaninchen Fangen ist von allen Optionen die wahrscheinlich beste, die man im Tarnanzug machen kann.

„Bleib cool Matthias, du machst dir schon wieder viel zu viele Gedanken.“ Noch immer dieses Lächeln. „Und nein, ich will keines fangen.“

Aber was dann?

Lea lacht. „Du solltest dein Gesicht sehen! Ganz ehrlich: Ich habe keine Ahnung, warum mir heute nach ein bisschen Tarnung war. Aber ich bin mir sicher, es kann auch nicht schaden."

„Wir haben versprochen, den Flugplatz nicht noch einmal zu betreten." Langsam und deutlich ausgesprochen.

„Was komisch ist, denn *du* warst beim letzten Mal hinterm Zaun." Lea sagt es neckisch und wirft ein Küsschen hinterher. Ich kann damit leben. Der Spotter war der Feigling, mein Part war die Beitragstäterschaft.

„Es wäre einfach schön, wenn wir heute weder mit der Polizei noch mit der Rettung Bekanntschaft machen."

„Dann gib Handzeichen und achte darauf, wo du hinfährst!" Lea richtet sich auf ihrem Sattel ein und dreht das Pedal für den rechten Fuß auf in etwa 35 Grad. „Bist du bereit?"

Ich nicke. Wenn du noch etwas fragst, heißt es ja doch nur, dass du dir zu viele Gedanken machst.

„Wir hätten zu Fuß gehen sollen! Wir können unmöglich zugleich Radfahren und die Umgebung im Auge behalten!" Lea. Sie hat ein bisschen gebremst und ist jetzt mit mir gleichauf. Das erste Mal. Wir sind schon den Nordrand des Flughafengeländes Richtung Westen abgefahren. Und dann die Straße nach Süden bis zum Tower. Ich habe noch nie auf so kurzer Strecke so viel Staub geschluckt, wurde fast von der Überbeladung eines Schotterlasters erschlagen und bin dann gefühlt auf einer deutschen Autobahn gelandet, nur, dass hier der Geisterfahrer toleriert wird und auch überholen kann. Da kommt man schon ins Grübeln. Nicht nur über die Verkehrsmittelwahl im Allgemeinen. Gut, dass wir jetzt endlich auf einer akzeptablen Flughafenumfahrungsstraße sind. Sauber, kaum befahren und als Radroute angepriesen. Wer es bis hierhergeschafft hat, hat gewonnen. Wahrscheinlich darf man hier sogar offiziell per Velo nebeneinanderfahren.

„Ich dachte, es wäre heute mit den Rädern ungefährlicher als zu Fuß."

Lea stöhnt. „Ungefährlicher? Auf dieser Strecke?"

„Das Schlimmste haben wir hinter uns. Da war außerdem so viel Trubel, da hätten wir auch zu Fuß nicht viel gesehen. Ich habe aber auch gar nicht an den Straßenverkehr gedacht."

„Mit dem Rad ist ungefährlicher als zu Fuß, wenn man *nicht* an den Straßenverkehr denkt?" Lea schmunzelt. Ihre Augen strahlen fröhlich. „Woran denkst du dann?"

Das ist typisch. Lea geht auf eine Expedition, zieht sich vorsorglich Tarnkleidung an, macht sich über mögliche Gefahren aber null Gedanken. Sie ist so eine Optimistin.

„Wir suchen explodierende Kaninchen. Was ist, wenn uns ein Kaninchen kurz vor seiner Explosion verfolgt?"

Lea nickt nachdenklich. Obwohl ich auf die Straße konzentriert bin, spüre ich die Ironie.

„Und du meinst, du kannst mit dem Fahrrad einem angriffslustigen Kaninchen entkommen?"

„Besser als zu Fuß." Ich versuche, Lea mit einem strafenden Blick den Ernst der Situation klar zu machen und fahre prompt in ein Schlagloch. Es reicht. Ich bremse. Kein Mensch kann sich auf einem Fahrrad fahrend unterhalten, nach Kaninchen Ausschau halten und die Straße im Blick haben, mit oder ohne Verkehr. Lea reagiert blitzschnell und kommt neben mir zum Halten.

„Wie schnell sind denn Kaninchen im Angriffsmodus?" Dieses Lächeln. Süß, aber doch irgendwie *Die Erwachsene fragt das Kind.*

„Angeblich bis zu 40 km/h. Gegoogelt." Ich sage es zu kleinlaut. „Aber wenn man einberechnet, dass das Kaninchen in einiger Entfernung startet und die Explosion nicht exakt steuern kann …"

„Weil es möglicher Weise ja *spontan* ist." Lea kann das Lachen kaum noch unterdrücken. Ich müsste ihr böse sein. Ihre Heiterkeit ist aber gar nicht böse. Ganz im Gegenteil. Da ist ganz viel Zuneigung in diesen Augen, ganz viel Nähe und Freude übers nahe sein. Und dann ist da auch noch die Nachmittagssonne, der angenehm kühle Wind, das zerzauste Haar, der große Mund, die strahlend grünen Augen, das rote, verstaubte Fahrrad. Kein Mensch kann in diesem Bild aus einem Rosamunde Pilcher-Film einem anderen Menschen böse sein.

„Wir können das Fahrrad auch gerne schieben." Ich steige demonstrativ von meinem Fahrrad ab. „Wir kommen dann zwar im Ernstfall nicht so schnell vom Fleck, wir können dafür aber davon ausgehen, dass wir die Kaninchen früher sehen. Dieser Vorteil sollte sich mit dem Nachteil die Waage halten."

„Und da ist noch gar nicht einberechnet, dass bei geschobenen Rädern die Wahrscheinlichkeit verschwindend ist, dass wir ein Kaninchen überfahren. Ein Kaninchen, das möglicherweise explodiert."

Jetzt hat Lea es verstanden. Da macht es auch nichts, dass sie verstohlen grinst.

Notiz: Es hat einen Grund, warum man nicht in einem Cabrio auf Safari geht.

Wie es aussieht, haben wir die schlimmste Strecke gleich zu Beginn unserer Flughafenumrundung hinter uns gebracht. Im Süden ist es ruhiger. Weite Felder, rechts eine Landwirtschaft, wieder Felder, links ein Bauschuttlager, Felder, ein Tiefkühlkostgewerbe, viele langgestreckte Felder, Einfamilienhäuser in einem kleinen Grüppchen hinter einer Thujenhecke, Wald. Die Expedition wird zum entspannten Spaziergang in der Sonne. Lea strahlt als wäre sie auf Urlaub und schöbe das rote Rad mit Wein, Käse und Baguette durch die grüne Landschaft der Bretagne. Ich betrachte sie und sie hat nichts dagegen. Sie lächelt mit ihrem ganzen Körper, alles an ihr strömt Freude aus. Ich fühle - wieder - Zweisamkeit. Ich überlege, ob ich es fühlen darf, sag mir aber, dass kein Mann an dieser Stelle anders fühlen kann. Nur das *Wieder* macht mir Sorgen. Aber es wäre dann auch wieder seltsam, wenn Lea nur mit Fahrrad etwas in mir triggern kann.

Viel zu früh kommen wir schon am Südwestende der Pilotenwiese an. Zum Norden hin links der Straße wieder Wald, dazwischen auf langer Strecke Gewerbeflächen und Schotterabbau inklusive einer großen Wasserfläche, die einen leuchtend blauen Fleck in die Landschaft malt. Rechts der Straße nach dem Waldstück Gewerbehallen, dann wieder Tiefkühlkost, danach Einfamilienhäuser. Ein paar Meter weiter rechts der Flugbetrieb. Der Gartenzaun dort polizeilich abgesichert. Bei der Müllsammelstelle ein Hinweisschild, dass der Einwurf vor sieben und nach neunzehn Uhr die Ruhe stört. Alles nicht nur denkbar unromantisch. Auch ein Rätsel, wie diese Form der Vielfalt in eine Flächenwidmungsplanung passen soll. Ein Glück für die Eigenheimbesitzer, dass Graz nicht sonderlich beliebt ist und der Deutsche noch immer gerne mit dem Auto kommt.

Nach der kleinen Siedlung wird es interessanter. Ehemaliger Fliegerhorst des Bundesheeres. *AIRBASE ONE* prangt groß geschrieben bei der Einfahrt. Ich google. AIRBASE ONE war ein Festival in Mecklenburg-Vorpommern. Es hat sich 2005, schon drei Jahre nach seiner Taufe, in AIRBEAT ONE umbenannt. AIR BASE 2 ist wahlweise ein Nike-Sportschuh oder eine Soundanlage für das mittelgroße Jugendzimmer. *AIRBASE ONE* in Premstätten also trotz des feinen Klanges ohne Konkurrenz, eine steirische Verheißung darauf, dass nach der Einfahrt mit dem alten Wärterhäuschen wirklich etwas Großes kommt.

Das Tor zur Anlage steht offen. Ein Blick auf Google-Maps. Das Gebäude, das sich mit der fensterlosen Rückwand in frischem Weiß vor uns zeigt, sieht auf dem Luftbild wie ein Aztekentempel aus. Dahinter ein Bau wie ein Dreieck mit Quadraten an seinen gleichen Seiten. Architektur für Aeronauten. Vielleicht verbirgt das alles hier von oben aus betrachtet eine Botschaft, die du ein Rad schiebend nicht einmal erahnen magst. Ich zeige Lea das Satellitenbild. Ihre linke Augenbraue schnellt bedeutungsvoll nach oben.

„Wenn ich ein Kaninchen wäre, ich würde hier explodieren." Lea flüstert.

Obwohl das Tor unbewacht und geöffnet ist, überschleicht uns eine Ahnung, dass wir auf verbotenem Terrain auf Spurensuche sind. Wir folgen nicht der breiten Straße, sondern wenden uns hinterm Tor nach rechts, wo alte Baracken, anscheinend ungenutzt, zu sehen sind. Keine Menschenseele. Ich kenne diese Stimmung. Sie erinnert an den Skulpturenpark, der gar nicht weit von hier entfernt, Kunst der Gegenwart auf einem weiten Freigelände bei freiem Eintritt präsentiert. Auch dort ist Einsamkeit das dominierende Gefühl. Hier aber auch die leise Furcht, ertappt zu werden.

„Es gibt keinen Schranken. Der Weg ist unversperrt. Niemand sagt, dass es verboten ist sich ein wenig umzusehen." Ich sage es leise. Stimmlage NYPD-Detective zur Kollegin bei instinktiver Spurensuche, also ohne richterlichen Befehl. Lea nickt. Wir gehen Arm an Arm, die Räder wie Schilder an unseren Flanken. Ein Kaninchen hoppelt nicht weit entfernt über unseren Weg. Ich zucke zusammen. Lea lacht mich nicht aus. Sie nimmt meine Hand. Plötzlich Motorengeräusche. Quietschen. Das Schnauben eines Großen. Lea und ich drücken uns in die Büsche. Besser du bist in Deckung solange du nicht weißt, was da kommt. Wir halten den Atem an.

Ein Linienbus der Holding Graz biegt um die Kurve. 671. Leuchtschrift *Thalerhof Airbase One*. Er bleibt zischend stehen. Also Endstation.

Blickwechsel. Ich verstehe diese Welt gerade nicht. Lea prustet los. Sie krümmt sich und schnappt nach Luft.

„Ein interessantes Geheimlabor. Mit Anschluss an die S-Bahn und die Innenstadt." Tränen rollen über ihre Wangen.

„Ich habe nie etwas von einem Geheimlabor gesagt."

„Aber gedacht!" Lea kann sich vor Lachen kaum noch halten.

Schwachsinn! *Geheimlabor* ... Aber auch Lea kann wohl nicht leugnen, dass diese Häuser und diese Baracken eigenartig sind. Schon ein bisschen wie bei der Serie *Lost*. Ein versteckter Ort, an dem Dinge geschehen, von denen niemand wissen soll. Lea hat sogar meine Hand gehalten.

„Du hast dir auch gedacht, dass hier etwas nicht stimmt."

Lea schnappt nach Luft. „Ich hätte darauf gewettet!"

Wir gehen ein paar Schritte weiter, die Vorderfront des Quadraten-Dreieckgebäudes wird sichtbar. Ein Hotel. *Airbase.*

So geheim, dass die Zimmernummern unter den Fenstern außen auf der Hauswand stehen. Gegenüber offenbart sich das Azteken-Quartier als *Schule für Gesundheits- und Krankenpflege*.

Der Busfahrer öffnet die Fahrertüre und steigt aus. Er ist der einzige. Kein Fahrgast. Es wartet auch keiner. Der Fahrer raucht sich eine an.

„Nicht gerade viel los hier." Ich hoffe, Busfahrer sind wie Taxifahrer. So redselig, nicht so radfahrerfeindlich. Man weiß es nicht, man kann nur hoffen, weil Busfahrer spricht man gemäß den Beförderungsbedingungen während der Fahrt ja generell nicht an.

„Mir ist es egal." Der Busfahrer macht klar, dass er kein Taxler ist. Er braucht den Fahrgast nicht, er hat sowieso die Fahrt.

„Ist hier normaler Weise mehr Betrieb?"

„Manchmal stehen da mehr Autos herum, manchmal nicht. Ist nicht der Ort, an dem man Urlaub macht."

Ich sehe mich um. Abgesehen von den frisch gefärbelten Hauptgebäuden, also dem Hotel und der nicht allzu großen Schule, ist es hier eher trostlos. Betonierte Abstellplätze, eine alte, aufgelassene Betriebstankstelle, mehrere kleine Baracken, der hohe Zaun vom Flughafengelände. Nein, hier will man nicht Urlaub machen.

„Warum gibt's hier überhaupt eine Bushaltestelle?" Lea. Gerade heraus. Keine Diplomatie, dafür ein nettes Lächeln.

„Da hinten." Der Busfahrer deutet auf eine große dunkle Halle. „Da ist der europaweit größte Indoor-Trampolinpark drin. Am Wochenende wimmelts hier von Kindern. Besonders, wenn das Wetter schlecht ist." Der Fahrer zieht kräftig an seiner Zigarette und wirft sie in Richtung der heute nicht wimmelnden Kinder. „Europaweit der größte." Der Stolz in der Stimme macht klar, dass er als Fahrer ein Teil dieser Größe in Europa ist.

„Das ist dann sicher ein Riesenwirbel im Bus." Die geschwellte Brust ein bisschen kitzeln. Das zeigt Verständnis, schafft Vertrauen und vielleicht sogar Vertrautheit.

Der Fahrer sieht mich verständnislos an. „Dort drinnen dürfen Kinder nur unter Aufsicht rein. Und keiner kommt am Wochenende auf die Idee, mit den Quälgeistern auch noch Bus zu fahren. Die haben dort für die Autos eine komplette alte Landebahn."

„Das ist traurig." Lea zieht ein Gesicht, das höchstenfalls bei Partys als traurig gelten kann.

„Mir ist es egal." Der Fahrer steigt wieder ein und startet den Motor. Es liegt wohl an unseren Fahrrädern, dass er uns nicht fragt, ob wir mitfahren wollen. Er nickt mit einem kurzen Anflug von einem Lächeln in Richtung Lea und lenkt dann den Bus aus dieser trostlosen Endstation.

Notiz: Indoor-Trampolinparks, auch richtig große, sind für autolose Bobo-Eltern keine Attraktion.

„Glaubst du die Kinder werden in dreißig Jahren ihren Eltern Vorwürfe machen, weil ihr CO2-Abdruck wegen eines Trampolinparks im Arsch ist?" Lea.

Wir stehen vor diesem wirklich großen Parkplatz. Ein Parkplatz nur für Kinder. Die Eltern sind Begleitpersonen.

„Die Kinder können sich in dreißig Jahren bestenfalls an ein Trampolin erinnern und auch das nur dann, wenn sie sich etwas verrenkt oder gebrochen haben. Und ich bin mir sicher, dass keine Eltern mit dem Flugzeug zu uns zum Hüpfen kommen."

„Sie werden aber mitkriegen, dass sie in Verbrennern kutschiert wurden. Obwohl jeder bereits wusste, dass ihre Zukunft auf dem Spiel steht." Lea sagt es gar nicht vorwurfsvoll. Sie fragt sich solche Sachen, weil sie heute Teil der Geschichte von morgen ist. Das kenne ich. Wie wird es sein? Passt alles in eine Abenddoku, wird es eine Serie oder muss das dann wirklich jeder zu Hause mit den Kindern diskutieren?

„Es macht jeder. Also mach dir keine Sorgen. Die Geschichtsschreibung ist da tolerant. *Wir waren gezwungen. Keiner konnte anders, weil wir alle machtlos waren.* "

„Was ja auch ein bisschen stimmt."

„Alles stimmt ein bisschen. Für jeden ein bisschen. Also stimmt es, weil wir ja so viele sind."

Wir spazieren weiter. Es kommt ein großes, hoch eingezäuntes Areal. *G-Klasse Experience-Center* erklärt mir Google Maps. Das habe ich schon einmal gehört. Auch kein Lichtblick für die Busstation. Ein Test- und Verkaufsgelände für Menschen, die schon so viel haben, dass sie einen Puch-G als Spielzeug wollen (heute Mercedes-G, aber Puch ist Graz-Geschichte und kein Grazer würde zum Puch je Mercedes sagen). Wenn hier ein geheimes Labor eingerichtet ist, dann ist es sicher gut bewacht. Das sieht offenbar auch Lea so. Sie wirft verächtliche Blicke auf die Umzäunung, hält aber Respektabstand.

Es geht weiter Richtung Norden. Es kann nicht mehr weit bis zu unserem Ausgangspunkt, den Segelfliegern und Fallschirmspringern sein. Bald haben wir das Flugfeld ganz umrundet. Immer wieder hoppeln Kaninchen vor uns über den mittlerweile nur mehr geschotterten Weg. Linker Hand ein Zweckgebäude mit einem Radar drauf, vor uns ein hoher Wald, rechter Hand öffnet sich das Feld nun zu einer weiten, gut gemähten Fläche, die allem Anschein nach ein Trainingsgelände für Soldaten war. Ein Geschicklichkeitsparcours mit Hindernissen aus Beton. Ein düsterer Skulpturenpark. Wie viele Rekruten haben sich hier wohl Knie und Hände aufgeschlagen? Heute ist es angeblich eine Attraktion für Betriebsausflüge. Eine aus mehreren Containern zu einem Western-Saloon zusammengestellte Bude, kündigt auf einem schlecht gemachten Plakat viel Spaß bei Wettkämpfen, Lagerfeuer und Bogenschießen an.

„Welche Firma zwingt ihre Mitarbeiter dazu, bei einem Ausflug über steinharte, raue Barrieren zu klettern und von Betonmauern zu springen?" Lea versucht, sich bei einem herabhängenden Seil auf einer schräg abfallenden Betonwand hochzuziehen, gibt es aber auf halber Höhe schnaufend auf.

„Ist vielleicht ein Geheimtipp, wenn man Personal abbaut? Wahrscheinlich war es aber einfach zu mühsam und zu teuer, diese Unmengen von Beton abzutransportieren. Und so kann alles steuerschonend über Jahrzehnte in sich zusammenfallen."

Dafür spricht auch der Zustand des Saloons. Unzählige mit der Wiese verwachsene leere Bierkisten, zwei vor sich hin morschende Stühle und eine vergilbte Eistafel von Eskimo deuten auf eher mäßigen Besuch hin. Im Wald hinter dem Saloon raschelt es. Wieder Kaninchen. Wenigstens sie sind hier noch überall.

„Hörst du das?" Lea spitzt die Ohren. Ein Knattern. Motorräder. Sie kommen näher. „Harleys! Eine Menge. Fahren wir in den Wald!"

Lea springt auf ihr Fahrrad und tritt in die Pedale. Ich hinter ihr her. Offenbar auf der Flucht vor Motorrädern, die Männer in ihren Midlifecrisis fahren. Der Wald ist sehr nahe, Harleys sind von weitem gut zu hören, alte Männer fahren keine Rennen, kurz: Wir sind schon bei den Bäumen als der erste mit seinem schwarzen Chopper in das freie Feld einfährt. Hinter ihm noch fünf weitere Bikes, die knatternd und heulend vor dem Saloon halt machen. Lea lässt ihr Fahrrad auf den Waldboden fallen, versteckt sich selbst hinter einem Kiefernstamm und nimmt ihr Fernglas zur Hand.

„Fuck! So eine Scheiße. Das sind Hells Devils." Lea. Dass sie flucht ist neu. Erstmals klingt sie auch besorgt.

„Kennst du die?" Ich verstecke mich hinter der Birke neben Leas Kiefer.

Lea nickt. Sie lässt das Fernglas vor den Augen.

„Ich meine: Kennst du *die*?"

Lea nickt.

„Also nicht nur so, wie man auch die Hells Angels kennt? Oder Micky Mouse und Duffy Duck?"

Lea nickt. Sie nimmt das Fernglas runter. „Ich kann sie von hier aus nicht gut beobachten. Klettern wir auf deinen Baum."

Mein Baum ist eine sehr hohe Birke. Viele Äste, dicker Stamm. Mir schwant Unheilvolles.

Lea huscht zu mir herüber und drängt sich an mich hinter *meinem* Stamm. Brust an Brust. Dicht zusammen. Der Stamm ist dick, aber trotzdem eine Birke. Ich weiß nicht, ob ich mich so stark an sie pressen kann.

„Woher kennst du die?"

„Auch ich habe eine Vergangenheit." Lea augenzwinkernd. Mit einem kecken Lächeln und einer schnellen Bewegung wiegt sie ihren Körper an meinem auf und ab und küsst mich auf den Mund. Kurz nur, aber zu lange für ein kurzes Küsschen. Wieder Augenzwinkern. „Wir sollten den Baum hinaufklettern."

Ich habe keine Ahnung, warum ich nach dem Ast greife und mich mit den Füßen gegen den Stamm gestemmt den Baum hochangle. Warum fliehe ich, wenn ich verlegen bin, nicht einfach weiter in den Wald? Sie hat tatsächlich einfach mein Gehirn ausgeknipst und es hat den erstbesten Befehl befolgt. Und Lea ist mir jetzt im wahrsten Sinn des Wortes auch noch auf den Fersen. Wenn ich auf einer Höhe bleiben will, schiebt sie von unten an. Ich finde so niemals zu einer Position, in der ich sicher stehen kann. Lea treibt mich immer weiter. Der Stamm ist auch für eine Birke nicht mehr breit. Er fängt bedenklich zu Schwanken an.

„Stopp. Hier ist es perfekt." Lea. Sie setzt sich unter mir so selbstverständlich auf einen Ast als wäre es eine Parkbank. Ich klammere mich darüber an den viel zu dünnen Stamm.

„Es sind sechs Männer und drei Frauen. Zwei von ihnen haben Waffen."

„Waffen?"

„Gewehre. Lang, schwarz, Metall." Jetzt ist Lea im NYPD-Modus. NYPD im Baum. Eher Katniss Everdeen.

„Warum haben die Waffen?" Ich würde gerne selbst hinsehen, ich kann aber nicht klammern und zugleich mit dem Feldstecher in die Ferne schauen.

„Es sind Hells Devils …"

Ach ja. Aber wir sind in Österreich und das hier ist die lächerliche Airbase One. Hundert Meter weiter hüpfen Kinder in einer Europahalle und der Bus hat seine Endstation.

„Einer holt irgendwelche kleine schwarze Dinge aus der Tasche. Sie sehen aus wie Kugeln. Oder Murmeln."

„Vielleicht haben die Kerle Kinder."

„Eher Enkel." Lea giggelt. „So, wie die damit herumtun, sieht es aber nicht nach Kinderspielzeug aus."

Ich würde gerne fragen, wie man mit den Murmeln *herumtun* kann, konzentriere mich aber lieber darauf, dass ich den Baum und er mich halten kann. Ich hätte auf Eva hören sollen. Wer nach etwas sucht, muss damit rechnen, dass er auch etwas findet. Und dabei weiß ich noch nicht einmal, ob wir etwas gefunden haben. Schwarze Murmeln. Explodierende Kaninchen. Das passt nicht zwangsläufig gut zusammen. Und jetzt fängt es ober mir auch noch zu piepsen an.

Warum piepst es ober mir? Ah, ich hab's.

„Da ist ein Horst oben in den Ästen …" Sagt man Horst? Oder Nest? „Ein großes Nest …" Sicherheitshalber.

„Das ist sicher ein Krähennest. Simon sagt, dass in diesem Wald hunderte Krähen ihre Nester haben."

Ein Nest also. Ein Krähennest. Hunderte in diesem kleinen Wald! Süß. Jetzt höre ich die Krähen. Das Krächzen. Krähen krächzen. Ziemlich laut.

„Fuck!"

„Pschhht."

„Die Krähe hat mich angeschrien!!"

„Krähen schreien keine Menschen an …" Lea. Sie sieht noch immer durch das Fernglas. Wie kann sie das sagen?

„Sie sitzt da oben und faucht mich an!"

„Es ist nur ein Vogel …"

Es ist ein Riesenvogel. Mit einem Riesenschnabel. Und mit bösen Augen. Und da noch einer. Großes Flügelschlagen. Krähenmeeting. Fünf Krähen krächzen im Geäst da oben. Sie sehen mich an. Sie krächzen zu mir. Sie schreien mich an!

„Mach bitte nicht so einen Wirbel. Die Devils sehen schon zu uns rüber."

„Ich …" Ich scheuche mit einer Hand nach oben. Das Krächzen wird noch lauter.

„Matthias!" Lea ruft es leise, ich kann es in dem Geschrei der Vögel kaum noch hören. Endlich nimmt Lea das Fernglas von den Augen und schaut nach oben. Der weiße Kot trifft genau auf ihre Stirn.

„Matthias!!!" Endlich panischer Gesichtsausdruck.

Eine Krähe ist von Ast zu Ast zu mir gehüpft und hackt mit ihrem Riesenschnabel in meine Richtung. Zwei andere haben sich ober mir zusammengetan und koten auf mich herab.

„Sie tun nichts. Sie drohen nur. Du bist zu nahe an der Brut." Leas Botschaft konkurriert mit ihrer Stimme. Ihre Stimme sagt, dass Krähen Kampfmaschinen sind. Ich glaube der Stimme.

Erste Feindberührung. Eine Krähe springt auf meinen Kopf. Über meinen Kopf. Und wieder. Diesmal nachgehackt.

„Du musst dich von dem Nest entfernen." Lea klettert nach unten. Sie ist schnell.

Ich versuche auf den Ast unter mir zu kommen, aber ich brauche einen Arm um Krähen abzuwehren. Silvester Stallone. Rambo I. Er ist einfach so in eine Schlucht gesprungen. Die Äste einer hohen Tanne stoppten seinen Fall. Die Äste unter mir sehen viel zu groß für meinen kleinen Körper aus. Leas Kiefer. Sie ist nicht so mächtig. Wenn ich es bis zu Leas Kiefer schaffe … Eine Krähe hat sich auf meinen Kopf gesetzt und hackt auf mein Ohr ein. Ich springe. Leas Kiefer stoppt den Fall.

Wichtige Notiz: Es ist die absolute Ausnahme, dass eine Rambo-Szene Leben retten kann.

Gutscheinersatz Kultur

„Du weißt, dass du jetzt tot sein könntest?“ Eva. Sie sieht hübsch aus. Und ich rechne ihr hoch an, dass sie trotz des allgemeinen Mitgefühlboykotts auch vor den Spitalsangestellten lächelt.

„Ich weiß.“ Natürlich weiß ich es. Ich springe ja nicht zum Jux von einem Baum. „Ich verstehe nur nicht, warum totgeschwiegen wird, dass Krähen Killervögel sind.“

„Ich spreche von deinem idiotischen Sprung. Kein Mensch wurde je von einer Krähe umgebracht.“

„Und was ist …“ Ich will auch gestisch widersprechen und hebe meine Hand. Ein Stich in der Schulter. Ein brennender Stich. Ich lasse die Hand wieder fallen.

„Hitchcock zählt nicht, Matthias. Und du sollst den Arm, deinen Kopf und deinen Oberkörper möglichst nicht bewegen.“

Ich nicke. Ein brennender Schmerz in der Schulter. Und diesmal auch im Nacken. Ich versuche aber nicht zu stöhnen. Für jedes Stöhnen kommt vom Pflegepersonal ein abfälliges *Hah* als Strafe. Schuld sind die Sanitäter. Lea meint, sie haben mich schon wiedererkannt als ich noch bewusstlos am Waldboden lag. Jetzt gelte ich als einer, der es spaßig findet, auf Kosten der Allgemeinheit an seine Grenzen zu gehen. *Eine Belastung fürs System.* Ich muss mit ihnen reden. Ihnen klarmachen, dass das Risiko und ich gewöhnlich Antipole sind. Ich habe nicht einmal Albträume, weil ich aufwache bevor der unangenehme Teil beginnt.

„Was habt ihr dort nur gemacht?“ Eva. Sie ist so süß. Sie streichelt mein Haar. Sie lächelt. Vielleicht auch deswegen das Misstrauen der Sanitäter. Für dieses Lächeln stürzen sich sicher so manche gerne von einem Baum.

„Du weißt, dass wir uns dort wegen der Kaninchen umgesehen haben. Dann sind die Motorräder gekommen. Hells *Devils*. Lea wollte sie beobachten und wir mussten wegen der besseren Sicht auf den Baum.“

„Du kletterst nie auf Bäume.“

„Wie du siehst aus gutem Grund.“

„Warum auf einmal doch?“

„Keine Ahnung …“ Ich muss zugeben, Eva stellt gute Fragen.

„Lea meinte, du warst sehr motiviert …“

Wie bitte?? Warum sagt Lea so etwas? Wir waren alleine, haben uns versteckt, es war ein kurzes Küsschen, ein kurzer Kuss … Und was hat das damit zu tun, dass mich Krähen angegriffen haben?

„Wenn Lea das meint, dann solltest du am besten Lea fragen.“

„Ich frage dich.“ Ein fester Druck von Evas Hand. Ein Schmerz in meinem Nacken. Nur für einen Augenblick. Dann wieder wie zuvor das Streicheln und das Lächeln. Doch irgendwie liegt eine Spannung in der Luft.

„Lea meinte, dass sie die Motorrad-Typen von früher kennt.“

„Und da wolltest du ihr zeigen, dass auch du ein ganzer Kerl bist? Ein Kerl, der ohne zu zögern bis ganz nach oben auf eine Birke steigt? So schnell macht man aus dir einen Helden? *Ich habe einen Mann in schwarzem Leder auf einem Motorrad gekannt.*“

Da ist sie wieder, die Lehrerin. Was hat ihr Lea schon gesagt? Es ist eine Prüfung, aber ich war krank und kenne den Stoff noch nicht.

„Vielleicht meint Lea, dass es mich irritiert hat, dass sie mir ein … ein *Bussi* gegeben hat?"

„Ein *Bussi*?" Es hat schon bei mir dämlich geklungen. Und Eva sagt es so, dass es furchtbar dämlich klingt.

„Einen klitzekleinen Schmatzer."

„Einen *Schmatzer*?"

„Einen klitzekleinen …"

„Was man eben so alleine im Wald unter Bäumen macht." Evas Lächeln ist verschwunden. Ihre Hand aus meinem Haar ebenfalls. Sie sieht mich lange prüfend an. Sehr lange.

Dann ein Seufzen.

„Ich weiß nicht, ob ich mich ärgern oder einfach lachen soll."

Eva seufzt und lacht.

Notiz: Nur, weil du von wilden Tieren angegriffen wurdest und dich deswegen in die Tiefe gestürzt hast, darfst du nicht erwarten, dass das für andere der wichtigste Teil des Tages war.

„Das wird sicher unglaublich spannend." Simon. Er holt zu einem Schulterklopfer aus. Ich verziehe mein Gesicht. Simon reagiert und lenkt seine Hand blitzschnell gegen die Stirn von Herrn Dietmar. Es klatscht, Herr Dietmar stöhnt, lässt aber wacker weder die Kiste Bier in seiner Rechten noch den Schnaps in seiner Linken fallen.

Simon meint es nicht ernst, das liegt auch ohne sein Grinsen auf der Hand. Es macht nichts. Heute sind er und alle meine Freunde in meine Galerie eingeladen. Eine Kunstführung für Eva und Lea und für sechs Menschen, die zuerst nur kommen wollten, wenn ich ihnen ein Original von Banksy zeigen kann. Ich habe von allen die Garantie, dass sie nicht gleich etwas zerstören, mit mir sechs Gemälde studieren, sich erst danach richtig betrinken und auch dann nichts zerstören. Ich freue mich wie ein kleines Kind! Ein kleines, einseitig begabtes, feinsinniges Kind. Heute setzt es von mir unvergessliche Momente retour und keiner muss dafür sterben. Und außerdem ist es auch die erste Einlösung des Versprechens, das mir Lea abgerungen hat.

„Alles ans Ende des Gemachs, Michelangelo?" Herr Dietmar.

Ich deute auf die erste Kiste Bier und die beiden Steigen Weißwein in der Ecke. Mir kommen die ersten Zweifel. Ich habe für heute tief in meinem Hochsicherheitslager gewühlt. Die Auswahl ist viel zu exquisit, viel, viel zu teuer, viel zu durchdacht. Aber es ist die einmalige Chance, dass meine durch und durch verrohten Freunde den feinen Künsten nicht entkommen. Trotzdem: Die Auswahl ist viel zu exquisit. Ich beruhige mich damit, dass die alte Industriehalle riesig ist und der Abstand zwischen meinen trinkenden Gästen und den Bildern so groß sein sollte, dass Herr Dietmar auch mit einer gut geschüttelten Sektflasche unmöglich etwas anrichten kann. Außerdem habe ich als Raumteiler zwischen den Kunstwerken und der Bar einen Vorhang aufgezogen. Und es gibt extra keinen Sekt, keinen Prosecco, nichts, was sprudelt oder sprüht.

„Aufgeregt?" Kuss von hinten in den Nacken. Sanft. Eva weiß, dass noch immer jede unkontrollierte Bewegung zu sagenhaften Schmerzen führen kann.

„Aufgeregt, ängstlich, gespannt, freudig erregt, leicht panisch …"

„Es wird alles gut gehen. Und deinen Kunstwerken wird nichts passieren."

Eva ist wunderbar. Sie hat sich für heute extra schick gemacht. Ein figurbetontes Kleid im Stil von Mondian und hochhackige Stöckelschuhe, eine dunkle Schönheit in schwarz und weiß. Sie sieht zum Hinknien aus. Und ich bin ihr so dankbar! Das alles hat sie erst möglich gemacht. Offenbar war als letzter Gutschein ein Besuch am Schießplatz geplant gewesen. Tamaras Idee. Sie hat sich nach der gescheiterten Beziehung mit einem Uni-Professor mit diesem neuen „Hobby" getröstet. Lang- und Faustfeuerwaffen. Simon meint, sie hat *ganz schön was drauf*. Er und Erich haben sich toll darauf gefreut. Mit Frauen um die Wette schießen. Tribute-

Phantasien. Tamara hat ja auch was von Katniss Everdeen. Eva eher nicht. Eva hat sich durchgesetzt. *Ich pflege nicht Matthias wochenlang, damit ich ihn gleich darauf wegen eurer idiotischen Wettkämpfe einbalsamieren kann!* Eva hat ohne mich zu fragen, die Box geöffnet, den Gutschein kurzerhand zerrissen und das Motto Kunst festgesetzt. Da ist sie eben wieder ganz die Lehrerin. Sie meinte es nicht so, aber es ist schon ein bisschen wie in der Schule: Die bösen Kids werden vom Sport zur Kunst strafversetzt. Es ist ein Glück, dass der Streber jetzt den großen bösen Kids zum Ausgleich Alkohol in großen Mengen geben kann.

Erich, Peter, Tamara und Petra sind gerade angekommen. Peter und Petra haben jeweils eine Quiche in der Hand, Erich hat Knabberzeug. Tamara trägt eine große dunkle Tasche. Etwas ist eigenartig. Es ist nicht nur die Tasche. Selbst ich merke, dass Erich, Peter und Petra unsere Blicke meiden. Sie sind hier alle gemeinsam aufgetaucht. Während Tamara aber sofort auf Eva und mich zusteuert, winken die anderen nur kurz in unsere Richtung und verschwinden zur Bar, wo Herr Dietmar und Simon stehen. Irgendetwas an uns, oder an Tamara, ist den dreien sichtlich unangenehm.

„Hast du einen Tisch für mich? Ich muss etwas abstellen." Tamara lächelt. Ich kann nichts Ungewöhnliches oder gar Unangenehmes an ihr entdecken.

„Wozu brauchst du den Tisch?" Eva. Ihr Ton ist streng. Eine Augenbraue hochgezogen. Schmale Lippen.

„Du wirst schon sehen …" Tamara grinst, ihre Augen aber schmunzeln nicht.

Da ich auch sehen werde, will ich nachhaken. Tamara grinst aber richtig seltsam. Ich humple lieber hinter den Vorhang und ziehe einen Stehtisch nach vor. Tamara hilft und dirigiert ihn in die Mitte des Raums. Zufrieden beugt sie sich zu ihrer Tasche, zippt sie auf und holt ein sehr modernes, sehr bedrohlich wirkendes Gewehr heraus.

„TAMARA!" Eva.

Die Klasse erstarrt.

Nur Tamara hört nicht hin.

„Wenn es mir schon untersagt wird, euch zu einem friedlichen Nachmittag am Schießstand einzuladen, dann sollt ihr zumindest sehen, dass ein Gewehr nichts Bedrohliches ist."

Sie stellt in aller Ruhe das schwarze Metallgestell mit zwei Vorderauflegern auf den Tisch. Es steht da wie eine Skulptur. Eine sehr bedrohliche Skulptur.

„Tamara." Eva schüttelt fassungslos den Kopf.

„Das ist eine Tikka T3x TACT A1. Ein sehr präzises Repetiergewehr, mit dem sich wunderbar auf weite Entfernung auf Zielscheiben schießen lässt. Sie ist nicht geladen. Das Magazin ist in der Außentasche sicher getrennt verstaut."

„Und du hast diese Präzisionswaffe mitgebracht, weil ...?" Ich frage vorsichtig. Tamara wirkt umgänglicher, wenn sie keine Waffe vor sich stehen hat.

„Ich hätte dir gerne gezeigt, dass man auf einem Schießstand richtig Spaß haben kann, Matthias. Wie bei Boccia oder beim Kegeln."

Ich nicke, dabei hatte ich beim Kegeln niemals Spaß. Boccia kenne ich nur vom Sehen.

„Leider denken dabei heute viele nur an verrückte Rednecks, die weiß Gott was alles mit Waffen kompensieren. Das Sportschießen hat damit aber nichts zu tun. Es geht dabei um Präzision, mentale Stärke und Konzentration. Nur mit viel Übung und Disziplin lernt man, Geist und Körper zu beruhigen und Ablenkungen zu eliminieren. Und natürlich geht es um Sicherheit und Verantwortung." Tamara holt noch einmal tief Luft und sieht ernst in die Runde. Das mit dem Spaß hat sie offenbar schon ganz vergessen. „Niemand wird auf einem Schießstand bedroht, verletzt oder umgebracht. Es ist Zeit, dass auch in unseren Breiten die Menschen ihre Vorurteile gegenüber meinem Sport endlich verlieren. Das geht aber nur, wenn das Gewehr seinen unheilvollen Mythos verliert. Deswegen steht es heute Abend hier: Zur Gewöhnung."

Niemand widerspricht. Selbst Eva nicht. Sie hat ganz offensichtlich bei Tamara mit der Vernichtung des Gutscheins einen großen wunden Punkt getroffen. Ich habe Mitgefühl. Außerdem bin ich mir nicht sicher, ob Tamara zur Verteidigung ihrer Tikka nicht auch noch eine Walther hat.

Notiz: Leidenschaft kann blenden. Ziehe in Betracht, dass auch deine Leidenschaft für Kunst auf manche Freunde eine Tikka-Wirkung haben kann.

Eigentlich wollte ich mit dem Trinken erst nach der Führung beginnen. Lea fehlt aber noch. Wir warten. Die Quiches werden erst angeschnitten, wenn alle da sind. Ein Aperitif geht hingegen immer.

„Schön, dass ihr da seid. Wir starten gleich, wenn wir komplett sind. Danke für eure Geduld!"

Ich hebe mein Glas. Es wäre mir manchmal lieber, ich würde meine Freunde nicht so gut kennen. Nur Eva hat beim Stichwort *Geduld* nicht erst nochmal nachgedacht.

„Auf unseren lieben Gastgeber, der sich trotz seiner lebensfeindlichen Instinkte einen alten Industriepalast für ein paar Bilder leisten kann." Herr Dietmar. Er hat eine Bierflasche in der einen, ein Schnapsglas in der anderen Hand.

„Meine Instinkte sind nicht lebensfeindlich."

Eva nickt und streicht mir sanft über den Kopf. „Matthias hat vollkommen recht. Seine Instinkte wollen eigentlich nur möglichst viel neues Leben. Lebensfeindlich wird es nur, wenn sein Verstand dazwischenfunkt." Sie gibt mir einen Wangenkuss.

So geht es jetzt seit Tagen. Kein böses Wort, auch nicht gegenüber Lea, aber immer wieder Sticheleien.

„Lea meint, dass wir alle Matthias gehörig unterschätzen." Simon. Er will mir zur Seite stehen und weiß nicht, was er tut.

„Was glaubst du, Matthias? Warum ist Lea wohl dieser Ansicht?" Eva hat den *Du hast keine Chance*-Prüfungston.

„Vielleicht, weil Mut alleine in einer komplexen Welt rein gar nichts bewirkt ...?" Lea. Sie muss sich gerade erst reingeschlichen haben. Bloßfüßig. Auch sonst sehr sparsam. Jeanshöschen, viel zu kurzes Sportshirt. Das war´s. Sie sieht umwerfend aus.

„Dann bin ich wohl verloren?“ Simon lacht. Er zieht Lea an sich und streicht mit einer lässigen Handbewegung über ihren Po.

„Lass es mich so ausdrücken: Wenn du nicht auch noch klug wärst, müsstest du auf sehr, sehr schwere Zeiten hoffen! Auf ein modernes Mittelalter.“ Lea schmiegt sich eng an Simon, küsst ihn und verbeißt sich in seine Lippen. Erich und Peter sehen fasziniert zu. Mund offen, Flasche in der Hand.

„Und Matthias ist der Mann für die komplexe Gegenwart?“ Eva. Sie lässt nicht locker.

Ich winke. Ich hasse es, wenn über mich gesprochen wird als wäre ich nicht da.

„Sieh dich um. Ich kenne niemanden, der eine auch nur annähernd so große Wohnung hätte.“ Lea breitet ihre Arme aus und lässt ihren sportlichen Körper durch die Halle schweben. „Und ich kenne niemanden, der sein Heim so streng bewacht.“ Lea zeigt fragend auf Tamaras Tikka.

„Nur eine Reminiszenz an den Originalgutschein.“

„Und eine Mahnung, dass wir nicht nur zum Plaudern hier sind.“ Tamara. Ein Brummen aus dem Hintergrund. „Ich will jetzt endlich etwas sehen oder ich packe alles wieder zusammen und schieße mir den Abend schön.“

Applaus ringsum. Mein Herz hüpft. Herr Dietmar nimmt einen kräftigen Schluck.

„Dalli Dali, Salvator! Wir sind gespannt, Rembrandt!“

Alle lachen. Herr Dietmar verbeugt sich. Ich ziehe den Vorhang zurück. Meine heißersehnte Stunde kann beginnen!

Was auf den ersten Eindruck wie zufällig arrangiert wirkt, ist in Wahrheit das Ergebnis langen Abwägens und Grübelns. Was zeigst du Menschen, die noch nie in einem Museum waren und in deren Wohnungen bestenfalls Mannschaftsposter oder Urlaubsfotos hängen? Großformatige Hingucker? Immer beeindruckend. Drei mal fünf Meter machen in jeder Umgebung was her, drei mal fünf Meter Qualität in einer Halle sind eigentlich nicht zu schlagen. Gottfried Helnwein, Heimo Zobernig, Hermann Nitsch. Der Wow-Effekt ist garantiert. Das Problem: Es hat mit den Menschen, die die Kunst betrachten in etwa soviel zu tun, wie die 3D-Explosion auf der Kinoleinwand. Geil anzusehen, aber ohne Relevanz. Detto, wenn du ihnen zeigst, was den höchsten Marktwert hat. Langweilig wie die Kronjuwelen. Ich habe mich für ein Experiment entschieden. Ich präsentiere sechs Porträts und gebe Raum für kreatives Schaffen. Ein Thema, drei Stars, drei lokale Leuchten. Und an der gegenüberliegenden Wand, mit Respekt- und Sicherheitsabstand, eine weiße Leinwand, außerdem Farbe, Pinsel, Spachtel, einfach alles, was ein Künstler braucht.

„Das menschliche Antlitz ist seit jeher eines der zentralen Motive bildender Künste. Ich habe für euch sechs Gesichter ausgesucht. Jedes steht für sich und ist selbstverständlich einzigartig, jedes ist aber auch einem weiteren Porträt zur Seite gestellt, das eine ähnliche Technik oder Schule repräsentiert. Drei Pärchen also, ein abstraktes, ein fotorealistisches und eines, welches sich von der traditionellen Malerei verabschiedet und einer eigenständigen Technik bedient."

Die Freunde geben sich Mühe. Interessierte Blicke, Schritte vor und zurück, ehrfürchtiges Staunen, Zungenschnalzen, nachdenklich gerunzelte Stirn. Große Kinder, die Erwachsene in einer Ausstellung imitieren.

„Sind die teuer?" Peter.

Ich habe so sehr gehofft, dass das nicht die erste Frage ist. Und hätte doch darauf gewettet.

„Meinst du den Wert oder den Preis?"

„Mein lieber Oscar, werde nicht gleich Wilde. Auch heute noch wollen wir Menschen zumindest den Preis kennen, wenn wir den Wert schon nicht verstehen." Herr Dietmar, eine Flasche Bier in der Hand. Faszinierend: Der Banale unter den Banausen, der Belesene unter den Lesenden.

„Ich bin mir sicher, Matthias wird uns über den Marktwert gerne etwas sagen, wenn wir uns vorher über den Wert unterhalten, den die Bilder für uns haben." Eva. Freundliches Lächeln von einem zum anderen. Ich bin hin- und hergerissen. Eva ist toll, hin, der Mief nach Schule ist furchtbar, her. Ich würde wirklich liebend gerne über Kunst und ihre Bedeutung reden, hin, aber ich habe dazu Simon, Peter, Erich und Tamara eingeladen, her.

„Andererseits: Warum hängen hier Originale und keine Poster?“ Lea. Breites Lächeln. Augenbraue rechts hochgezogen. Links zeitversetzt ein Zwinkern.

„Matthias handelt mit Kunst, nicht mit Inneneinrichtung.“ Simon lacht. Peter und Erich lachen mit. Tamara und Petra warten ab. Herr Dietmar und Eva haben verstanden.

„Es gibt nicht von all diesen Bildern Poster.“ Mist! Die dümmste Antwort. Ich sehe die Falle und tappe direkt hinein.

„Es gibt also von *manchen* dieser Bilder hier Poster?“ Lea lacht ungläubig.

„Es gibt nicht von *all* meinen Bildern Pöbel-Duplikate!“ Herr Dietmar, Tonfall Graf von Nase und Katarrh. „Wenigstens ein paar Kleinigkeiten will der Mann von Welt noch nur für sich und seine Liebsten haben.“

„Es gibt von zwei dieser Bilder auch Poster.“ Ich sage es wie schuldbewusst. Das geht alles in eine falsche Richtung. „Aber ich denke, darum ist es Lea nicht gegangen.“

„Ist es nicht ...“ Lea lacht noch immer. „Aber es ist amüsant.“

„Also für alle: Lea meint, dass es inkonsequent ist, den künstlerischen Wert vor den Marktwert zu stellen und gleichzeitig Kopien geringzuschätzen, obwohl sie die Kunst in gleicher Weise abbilden wie das Original.“

„Ich hätte es nicht besser sagen können.“

„Und was meinst du?“ Eva. Sie meint mich. Kein Lächeln.

„Poster sind etwas anderes als Originalgemälde. Das lässt sich nicht vergleichen.“

Eva lächelt. Der Experte hat gesprochen. Der Pöbel hat seinen Spaß gehabt.

„Du willst also vollen Ernstes sagen, dass eine perfekte Kopie für den Betrachter künstlerisch weniger wert ist als das Original? Schönes ist nicht mehr schön, Beeindruckendes ist nicht mehr beeindruckend, nur, weil es das exakt selbe schon einmal gegeben hat?“ Lea. Sie lässt nicht locker. Und sie spricht mit mir, sieht dabei aber Eva an.

Eva schnaubt.

„Ich habe auch zwei Fälschungen. Alte italienische Schule. Bewusst als Fälschungen gekauft.“ Du musst nicht sagen, dass es Flohmarktware war. Requisiten für eine Performance … oder ein Kunsttheater, wie man es auch nennen mag. Ihr Überleben war nicht geplant.

„Ich habe Fälschungen von Gucci. Und von Prada …“ Petra.

„Meine Uhr *könnte* eine Fälschung sein.“ Peter. Erich nickt und murmelt etwas von *bei dem Preis*.

Herr Dietmar tritt an meine Seite. Er nimmt einen kräftigen Schluck von seinem Bier. „Alle fertig geoutet? Gibt es sonst noch einen Beltracchi?“

Ich schüttle den Kopf, der Rest sieht Herrn Dietmar fragend an.

„Für die kulturell eher grob Gestrickten: Wolfgang Beltracchi ist der wahrscheinlich erfolgreichste deutsche Kunstfälscher.“ Herr Dietmar genießt. Er genehmigt sich einen tiefen Zug aus einer Schnapsflasche. Wie hat er die so plötzlich gegen das Bier getauscht? „Er ist ein wahrer Künstler unter den Ganoven. Mit seiner Frau Helena hat er den Kunstmarkt über Jahre nach Strich und Faden verarscht.“

„Er war tatsächlich gut. Er hat allerdings keine echten Kopien angefertigt. Er hat zum Teil Fotos von verschollenen Bildern als Vorlage genommen oder den Stil anerkannter Größen wie Max Pechstein oder Max Ernst nachgebildet. Und der Mann hat damit Millionen verdient.“

„Kopien können also sogar Experten überzeugen. Dann kann man ihnen einen künstlerischen Wert wohl nicht absprechen?“ Lea. Sie nimmt ebenfalls einen Schluck aus einer Flasche. Irgendwer verteilt hier Schnaps und Bier.

„Es ist schwer, bei gut gemachten Kopien komplett das Gegenteil zu behaupten.“

„HA!“ Lea geht in Siegespose. Arm gestreckt nach oben. Knie gebeugt. Breites weißes Strahlen.

„Aber es fehlt das Originelle, die Eigenständigkeit! Wahre Künstler schlagen neue Wege ein. Das ist nicht zu vergleichen mit *Nachgemacht.*" Eva sieht mich fragend, beinahe fordernd an.

„Die Eigenständigkeit der Kunst ist eine relativ junge Erfindung." Laut nachgedacht. „Die Abkehr von den vorgegebenen Wegen war in der Kunstgeschichte über längste Zeit hinweg verpönt."

„Das heißt?"

„Das heißt, dass man die Frage nach dem Wert von Kopien nicht einfach beantworten kann."

Eva nickt. Keine gute Art von Nicken. Die Art, die jeden deiner Patzer über nasse, kalte Stufen tief runter in die innere Waffenkammer räumt. Eine Waffenkammer, von der du hoffst, dass sie für immer verschlossen bleibt.

„Könnte mir jetzt endlich jemand sagen, was dieser Schinken wert ist?" Peter. Er zeigt auf den Barsuglia, mit einer langhalsigen Flasche aus der Rotwein schwappt.

„Warum habt ihr alle was zu trinken? Wir hatten vereinbart, zuerst die Führung, dann der Alkohol."

„Wir durften schon vorher etwas trinken, weil wir auf Lea warten mussten." Petra. Haben sich heute alle gegen mich verschworen?

„Was ist er wert?" Peter.

„Ungefähr 5.000 Euro." Tamara. Sie wischt über ihr Handy. „Galerienpreis. So ungefähr."

„Fünftausend? Deswegen der ganze Aufstand?" Simon lacht. „Ich dachte, dass wir hier vor echten *Wert-Papieren* stehen."

„Das ist Leinwand. Aber schön, wenn sich bei 5.000 Euro die Gemüter beruhigen." Dieser Barsuglia ist mindestens das Dreifache wert. „Dann können wir vielleicht kurz über Kunst reden. Betrachtet die Frau, die hier abgebildet ist. Wer ist sie? Was denkt sie? Warum hat der Künstler sie abgebildet?"

„Sie heißt Nicole und ist Lehrerin." Tamara.

„Nicole? Sie ist Lehrerin?" Woher…?

„Google Images."

Na gut, dann ist sie eben Lehrerin und heißt Nicole.

„Es geht nicht darum, wer sie wirklich ist. Wer ist sie in den Augen des Künstlers?"

„Aha! Warum wundert mich das nicht? Eine Lehrerin kann unmöglich genug für einen Künstler sein. Eine Lehrerin ist wohl zu wenig sexy und geheimnisvoll." Eva.

„Das ist nicht der Punkt." Warum interessiert sich niemand für den Punkt? „Betrachtet die Malweise!"

Der Kopf dieser Frau mit dem unendlich tiefen, durchdringenden, vielleicht sehnsüchtigen, vielleicht verurteilenden Blick, *Nicole,* ist fotografisch detailgenau dargestellt. Der Hintergrund ist im krassen Gegensatz dazu nur weiß - um ihren Kopf und schon an ihrem Halsansatz, dort, wo die (weiße?) Bluse ihren Körper bedeckt, alles nur weiß. Diese Reinheit um eine Frau, die trotz oder wegen ihres lebenserfahrenen Blickes unberührbar wirkt.

„Da ist jemandem die Farbe ausgegangen." Erich. Er sagt es in einem Ton, der keine Ironie verrät.

„Nehmen wir an, der Künstler hatte genug Farbe ..."

„Vielleicht hatte er keine Lust mehr. Oder er ist gestorben? Ist er gestorben? Hat die Frau ihn umgebracht?"

„Die Frau lebt jedenfalls noch. Sie war gerade auf einem Schulausflug." Tamara.

Ich atme tief durch. „Möglichweise ist der Hintergrund ein Mittel der Hervorhebung. Vergleicht es mit dem Bild daneben."

Das Porträt eines Mannes, das wie eine unscharfe Fotografie wirkt. Öl auf Leinwand, ein Meisterwerk.

„Ist schon klar, worauf du hinauswillst. *Da* hatte jemand *zu viel* Farbe. Alles verronnen. Ist nicht so schwer, Kunst zu verstehen." Wieder Erich. Breites selbstzufriedenes Grinsen.

„Hast du schon einmal vom Dunning-Kruger-Effekt gehört?" Eva. Die einzige hier auf meiner Seite und auch sie ist fast schon richtig sauer. Ich werfe ihr einen *Wir verstehen uns*-Blick zu. Sie sieht es. Ihre Augen strahlen.

Erich schüttelt den Kopf. Mehr ist nicht drinnen, wenn du deinen Mund bis zum Rand mit Schnaps vollfüllst.

„Sie meint, dass du schon so blöd bist, dass du dir *besonders gescheit* vorkommst." Tamara. Sachlich. „Künstler?" Blick zu mir und dann zum Kunstwerk.

„Gerhard Richter."

Tamara tippt in ihr Handy. „Wow!" Tamara tippt und wischt. „Teuerster lebender Künstler. Seine Sachen sind Millionen wert!"

„Und er wollte mit dieser Maltechnik dasselbe erreichen, wie Barsuglia mit dem weißen Hintergrund. Der Eindruck eines unscharfen Fotos ist Absicht. Gerade diese leichte Unschärfe weckt die Aufmerksamkeit des Betrachters." Das ist der Punkt! Versteht das irgendjemand?

„Unscharfe Bilder sind also mehr wert als scharfe?" Erich.

„Nein, du Idiot!" Eva. So darf sie in der Schule nicht. „Diese beiden Bilder sollen zeigen, dass der Fotorealismus verschiede Methoden nutzt, um Effekte zu erzielen!"

„Daniel-Kruger-Effekte?" Erich grinst, als hätte er sich etwas Kluges gut gemerkt. Eva schnaubt. Erichs Augen wollen Evas fixieren, finden aber keinen festen Punkt. Erich ist jetzt schon komplett hinüber.

„Hat außer Erich sonst noch jemand Matthias nicht verstanden?" Lea. Die Frage fröhlich. Lea wie in der Kletterwand bei unserem ersten Treffen. Das personifizierte Vergnügen. Das Vergnügen sieht in die Runde und regt zum Mitmachen an. Simon, Peter und Petra zeigen auf. „Soll ich es einmal erklären?" Leas Augen strahlen.

„Ich habe den Hausherren wohl verstanden, bin aber auf die Erklärung von Lady Lea sehr gespannt." Herr Dietmar. Wie schafft er das? Er hat schon wieder eine volle Flasche in der Hand.

„Also meine Herren, und auch die Damen …" Lea geht zum Vorhang. „Was erregt eure Aufmerksamkeit?"

„Laute Musik!" Peter.

„Was *erregt* eure Aufmerksamkeit?" Lea mit lasziver Stimme.

„Leise Musik?" Simon.

„Was *erregt* eure Aufmerk-*sam*-keit?" Lea noch lasziver. Blick zu mir.

„Die Anspielung, die Andeutung."

„Ein Plus mit Sternchen, mein lieber Matthias. Und kannst du auch noch erklären, warum?"

„Weil sie unsere Fantasie beflügelt."

„Dafür noch drei Sternchen …"

„Da geht sich ja bald ein ganzes Sternbild aus." Eva.

„Und was hat das mit den Bildern von Matthias zu tun?" Erich. Er wirkt jetzt doch fast ein bisschen beleidigt. Die Botschaft hat gebraucht.

Lea lächelt und zieht den Vorhang hinter sich zu. Sie geht zur Tür. Die Spots auf unserer Seite des Vorhanges erlöschen. Wir stehen im Halbdunkel, durch den weißen Vorhang scheint ein weiches Licht. Dazu leise Blues-Musik, wahrscheinlich aus Leas Handy.

„Seht ihr mich?" Lea hinterm Vorhang.

„Leider nur sehr schemenhaft, meine Liebe." Simon. Er sieht seine Freundin hinter einem Weichzeichner und versteht noch immer nicht.

„Matthias?"

„Wir sehen dich so, dass vieles möglich ist."

„Matthias!" Lea lacht laut auf.

„So war das nicht gemeint …"

„So vielleicht?" Leas Arme greifen zur Taille und ziehen langsam ihr Shirt nach oben. Alles hält den Atem an. Das Shirt wird über Leas Kopf gezogen, pendelt in Leas Hand und verlässt leise zu Boden fallend Leas Körper.

„Trägst du einen BH?" Simon.

„Was vermutest du?"

Simon sieht sich fragend um.

„Ein Tipp: Sie ist heute *ohne Schuhe* gekommen …" Tamara. Wie immer knochentrocken.

Simon grinst. Stolzer Blick zu seinen Kumpels und zu Petra. Er kommt zu mir und boxt mich in den Oberarm. Es schmerzt, auch in den Rippen, ich freue mich aber, dass Simon offenbar verstanden hat. Sehr originell von Lea, aber was soll's, es hat seinen Zweck erfüllt. Ich boxe lachend zurück.

„Gerhard Richter wurde wahrscheinlich noch nie so augenscheinlich erklärt. Aber ja: Darin liegt ein Ansatz von Kunst: Hebe die Dinge hervor indem du sie verbirgst …“

„Und der andere Ansatz …“ Eva. Hinter mir. Sie hat recht. Bei diesem Schauspiel bleibt nur die Hälfte hängen. Eva ist nicht zu Unrecht Lehrerin.

„Ein anderer Ansatz, wie ihn der Grazer Künstler Alfredo Barsuglia gewählt hat, besteht… AUA!“ Simon boxt mich wieder. Direkt in die Rippen. Lokales Schmerzgewitter. Ich krümme mich, beiße aber die Zähne zusammen und werfe Simon einen vorwurfsvollen Blick zu. Vergeblich. Simon sieht mich nicht. Auch von den anderen null Interesse. Alle starren auf etwas hinter mir. Dorthin, woher Evas Stimme kam.

„Worin genau besteht der andere Ansatz …?“ Eva. Wieder hinter meinem Rücken. Eine Stimme, die mich drängt mich umzudrehen. Ich möchte nicht. Man kann hören, dass etwas anders ist.

Simon, Erich, Petra, Tamara, Peter und Herr Dietmar haben freie Sicht. Simon, Erich, Petra, Tamara und Peter wagen nicht einmal zu blinzeln. Herr Dietmar reibt sich die Augen und führt sich die Flasche Schnaps zu seinen Lippen.

„Was ist da bei euch los?“ Leas Kopf schiebt sich durch den Vorhang. Ihr Blick schweift, stoppt, sie reißt die Augen auf … und grinst über beide Ohren.

Ich bewege mich noch immer nicht.

Notiz: Selten, ganz selten, gehen Dinge einfach so vorüber. Trotzdem darf man hoffen. Wer denkt zum Beispiel heute noch an Franz Morak in der Politik.

„Dreh dich um, du Idiot!“ Simon. Wieder ein Schlag gegen meine Rippen. Ich jaule auf und drehe mich. Gekrümmt. Nicht nur wegen der Schmerzen. Auch wegen des Zeitgewinns.

„Matthias …“ Evas kindgerechter Tadel-Ton.

Ich blicke auf.

Ich weiß nicht, ob ich mich freuen oder schrecken soll.

Meine Gemälde sind von Eva weit entfernt, hängen wie zuvor und wirken unbeschädigt. Ich freue mich.

Außerdem steht Eva vor der weißen Wand am Ende der Halle. Sie posiert, die Beine leicht gespreizt, die Brust nach vorne, die Hände hinterm Rücken, ein stolzer Blick, und ist beinahe nackt. Sie hat noch rote Stöckelschuhe an.

„Der andere Ansatz besteht darin, das Objekt durch Überzeichnung der Realität hervorzuheben, eine quasi überschärfte Realität zu kreieren, beispielweise durch das Fehlen jeglichen Hintergrunds." Eva hat es mit einfachsten Mitteln auf den Punkt gebracht.

Simon lacht. „Das fällt dir als Erstes dazu ein?"

Ich antworte nicht. Ich betrachte fasziniert das *Bild* von Eva. Ich werde sie Alfredo Barsuglia vorstellen. Er muss sie malen.

Eva lächelt. Dann ein ernster Blick in Simons Richtung. „Was fällt dir als erstes ein?"

Simon räuspert sich.

„Sag es nicht, mein Lieber." Lea. Sie hat den Vorhang zur Seite geschoben und noch das Jeanshöschen an.

„Doch, sag es!" Eva.

Simon sieht zu Lea. Lea nickt.

„Geil!!" Simon grinst.

„*Geil* fällt dir also als erstes ein? Was kommt danach? Was fällt dir nach *geil* noch ein?" Diesmal der lehrerinnenhafte Unterton aus Leas Munde.

„Porno!"

Lea stöhnt.

Simon tut mir leid. Zwei Frauen, die gemeinsam nicht mehr als ein Paar Schuhe und ein kurzes Höschen tragen. Simon erkennt nicht einmal die Prüfungssituation.

„Simon sagt, was Sache ist." Tamara, Petra an der Hand. „Ihr könnt nicht alle Jungs aufgeilen und euch dann aufregen, wenn sie euch an die Wäsche wollen - oder an was auch immer noch davon da ist!"

„Dann ist also jeder Akt in Wahrheit Porno?" Eva.

„Zumindest jeder Akt, bei dem du weit und breit keinen Künstler siehst!“ Tamara.

„Und wenn du bei einem Porno einen Maler einlädst, ist es Kunst?“ Lea. Eva nickt. Eva und Lea stehen plötzlich beieinander. Peter nähert sich Petra und Tamara. Erich zieht sich zurück. Simon lächelt seinen Pornotraum.

„Wer definiert die Kunst und wer den Porno? Der Betrachter, das Objekt, der Produzent?“ Meine Freunde debattieren über Kunst! Ich würde gerne so viel sagen, versuche es aber lieber mit ein bisschen Dünger in Form von Fragen.

„Das *Objekt*!?“ Tamara. Sie wirkt ein bisschen überdreht. „Du sprichst von Frauen, lieber Matthias! Von Frauen!“

„Es ging nur um die Frage, ob Frauen, wenn sie das Objekt der Darstellung sind, die Definitionsmacht besitzen.“

„Also muss deiner Meinung nach die Frau sagen, dass sie in einem Porno spielt, weil sie sonst versehentlich für eine Künstlerin gehalten wird?“ Tamara sieht mich an, als wäre ich seit Jahren ein skrupelloser Pornoproduzent.

„Isch denke, dasch mit den nackten Frauen ist eher wie bei der Quantentheorie.“ Herr Dietmar. Schwankend, aber mit einer Schnapsflasche fest verbunden.

„Hört, hört! Das ist ein neuer Aspekt.“ Lea. Sie lächelt Herrn Dietmar aufmunternd zu. Dass sie noch immer halbnackt ist, scheint sie vergessen zu haben.

„Esch ist wie bei den Photonen, die zwei Zustände haben. Erst mit der Meschung ist klar, was schie schind.“ Herr Dietmar sieht zufrieden in die Runde. „Porno oder Kunst, man weisch esch nicht, bevor man nicht richtig misst.“

„In deinem Zustand solltest du nur deinen Zustand messen.“ Tamara.

„Promille statt Photonen!“ Erich. Alles lacht.

Herr Dietmar zieht kopfschüttelnd und grummelnd den Vorhang zur Seite und verschwindet nach nebenan.

„Ich sage, man darf eine nackte Frau auch ansehen, ohne sich den Kopf darüber zu zerbrechen, ob man Lust auf Kunst oder einfach Lust hat.“ Eva legt ihren Arm um Leas Schulter und lächelt fröhlich. Lea lächelt mit.

„Schaut uns an! Schaut uns an!“ Lea streckt den freien Arm in Siegerpose. Eva macht es ihr nach. Simon stimmt ein. Und dann auch Petra und Peter. *Schaut uns an* – Gegröle.

Erich zieht sich seine Hose aus.

Notiz: Manchmal entscheiden sich die Objekte in der Kunst- oder Porno-Frage einfach nur für Spaß.

„STOPP!“ Tamara.

Alle Blicke zu Tamara, dann dorthin, wohin Tamara schaut.

Stille.

Statt Gegröle hält das Kollektiv den Atem an.

Herr Dietmar, den Vorhang wieder hinter sich gezogen, steht schwankend im Raum, die Tikka T3 und so weiter in der rechten Hand.

„Schrödingers Katze!“ Herr Dietmar spricht laut und langsam. „Schrödingers Katze scholl zeigen, dass etwas zugleich Sein und Nichtsein kann. Tot und lebendig. Tscheitgleich.“

„Herr Dietmar, leg das Gewehr auf den Boden. Dann ist nichts passiert.“ Simon. Plötzlich ganz der Anwalt.

„Schrödingers Katze!“ Herr Dietmar hebt das Gewehr noch höher. Er braucht dazu die zweite Hand. „Schrödingers Katze ist wie Porno oder Kunscht! Sie ist beides. Bis man sie betrachtet. Dann ist die Katze aus dem Schack!“

„Leg das Gewehr auf den Boden.“

Herr Dietmar schüttelt den Kopf. „Wischt ihr, was das Faszinierende an Schrödingers Katze ist?“

„LASS MEIN GEWEHR LOS!“ Tamara stampft auf Herrn Dietmar zu. Sie sieht aus, als würde sie bei jedem Schritt fast explodieren.

Herr Dietmar dreht das Gewehr in Tamaras Richtung. Alles erstarrt. „Was ischt das Faschzinierende an Schrödingers Katze?“

„Dass Schrödinger eigentlich nur sagen wollte, dass die Quantenphysik nicht auf alles übertragbar ist.“ Eva.

Ich habe keine Ahnung, aber nicke heftig. Eva hat eigentlich fast immer recht.

„Das Faschzinierende ist, dasch wir unendliche parallele Welten haben. In der einen ist es so, in der anderen gerade umgekehrt." Herr Dietmar schwankt, hält sich am Vorhang fest und hält dabei die Tikka so ungeschickt, dass er beinahe den Abzug drückt. Petra schreit.

„Keine Schorge, meine Damen. Die Tikka ist zwar geladen, aber zugleich auch nicht."

Tamara wird bleich.

„Wieso ist die Waffe geladen?" Simon. Tatbestandserhebung.

„Sie ist nicht geladen …" Tamara. Zu leise, um überzeugend zu sein.

„Ich habe das Magatschin in deiner Tasche gefunden." Herr Dietmar kichert. „Oder ich weiß nicht, wo das Magatschin ist. Kommt drauf an, in welcher Welt ich bin."

„Ist sie gesichert?" Lea. Sie hat ihr Shirt an. Wie ist das gegangen?

Herr Dietmar wankt.

„Lea fragt, ob sie gesichert ist?" Tamara. Auffälliges Vibrato in der Stimme.

Herr Dietmar sucht die Waffe ab, stößt auf und fummelt an ihr herum.

„DIETMAR?" Simon.

„*Herr* Dietmar, so viel Tscheit muss sein …" Er dreht die Waffe unbeholfen so, dass sie ziellos den Raum absucht. „JETZT ist sie nicht mehr geschichert. Oder schon." Herr Dietmar kichert.

„Herr Dietmar, das ist kein Spaß! Es sind TATSÄCHLICH viele Menschen in diesem Raum!" Simon.

„Und wirklich teure Kunstwerke. Die kannst du nie bezahlen." Eva. Ich frage mich, ob sie mit diesem Ton bei Minderjährigen durchkommt. Die Botschaft ist zumindest klar.

„Vielleicht ist die Kunscht in einer anderen Welt Porno und Tamara will sie gar nicht haben."

„Vielleicht ist sie aber auch in der Parallelwelt doppelt so viel wert!“ Das muss auch gesagt werden. Gerhard Richter wird in keiner Welt Porno sein.

„Und trotzdem wird Tamara etwasch dagegen haben.“

„Fakt ist, dass die Kunstwerke weder hier noch dort Tamara gehören.“ Eva.

Herr Dietmar brummelt etwas von *Tamara schon*.

Was hat Herr Dietmar plötzlich mit Tamara? Und woher will Eva wissen, was Tamara in einer Parallelwelt in Sachen Kunst so macht? Wo ist Tamara überhaupt? Ah, in der Kreativecke. Was macht sie mit der großen Dose Farbe? Warum holt sie damit Schwung? Sie muss doch sehen, dass die Dose den Deckel nur sehr lose auf der Öffnung hat.

Ein großer Bogen roter Farbe wird zum Fleck, wo Herr Dietmar seinen Schädel hat. Die Farbe spritzt. Herr Dietmar wankt. Ein Schuss. Der Barsuglia und der Richter wackeln. Noch ein Schuss. Ich fixiere das Porträt. Es schaukelt am Bilderhaken, aber ich sehe keinen Schaden. Wieder kurz in die Totale. Herr Dietmar wird von Simon festgehalten, Tamara läuft mit dem Gewehr nach nebenan, die roten Spritzer gehen durch den ganzen Raum, ich kann bei den Gemälden kein Rot entdecken, der Barsuglia steht ein wenig schief, ebenso der Richter, Lea sieht mich mit großen Augen an, Eva macht schnelle Schritte auf mich zu, Petra sieht entsetzt auf meinen Bauch. Ich sehe an mir herunter. Das beige Hemd verfärbt sich rechts ungefähr auf Nabelhöhe. Das beige Hemd hat außerdem ein ziemlich großes Loch. Jetzt spüre ich das Brennen, mir wird schlecht, ich falle ohne Gegenwehr. Den Aufprall spüre ich nicht mehr. Vielleicht ist Eva auch schon da und sie fängt mich auf und es wird auch alles gut.

Notiz: Die Quantenphysik ist nicht da, wenn man sie braucht.

Intermezzo im Krankenhaus

„Die Krankenschwester wollte uns heute nicht einmal deine Zimmernummer sagen. Sie meinte, dass du nächste Woche ohnehin wieder zu Hause bist. Und sie hat dich einen Adrenalinjunkie genannt." Eva grinst über beide Ohren. Tamara macht es ihr dahinter nach. Sie können sich köstlich über mein Image bei Ärzten und Co amüsieren. Dabei müssen sie auch ein bisschen leiden. Jeder, der mich besucht, gilt als Komplize. Nicht nur bei der Zimmersuche. Es ist ja nicht ihr erster Besuch, ich werde aber laufend verlegt. Drei Mal in den letzten Tagen. Quasi Strafmaßnahme. Auch ein Covid-Überbleibsel. Es wird gemobbt, was nicht per Schicksal in die Spitäler kommt.

„Meine Wunde wird immerhin gut versorgt und das Essen ist nicht vergiftet."

Tamara sieht zweifelnd auf die Speisereste. „Bis zum Gift ist es aber nicht mehr ein allzu weiter Weg. Wir bringen dir morgen etwas vom Italiener mit."

Eva zieht die Bettdecke zur Seite und sieht sich den Verband an. „Das wird ja schon …" Kindergartentantenlächeln.

Ich nicke. Es schmerzt auch nicht mehr, wenn ich mich nicht bewege. Da macht es nichts, dass Eva das nicht beurteilen kann. Ich habe außerdem beschlossen, mich nicht mehr aufzuregen. Wenn ich mir viele Gedanken mache, lande ich immer im Krankenhaus. Viel schlimmer kann es bei einem relaxten Lifestyle gar nicht kommen.

Eva gibt mir die Post. Ein Kuvert von meiner Zusatzversicherung, eines von meiner Bank. Dank promptem Mailverkehr weiß ich schon was drinnen steht. Die einen kündigen, die anderen drehen die Konditionen hoch. Ich muss bei Gelegenheit noch fragen, woher sie so schnell die Daten haben.

„Was sind das für Felle?" Tamara zeigt auf den kleinen braun- schwarz-weißen Stapel.

„Lämmer. Herr Dietmar meint, sie sind erstens nützlicher und zweitens maskuliner als Blumen."

„Und jetzt muss eine kleine Herde dran glauben?"

„Es sind erst fünf. Ich werde ihm sagen, dass er damit aufhören muss." Ich sage es ihm nicht vor nächster Woche. Muss angenehm im Winter sein, mit so vielen Fellen auf der Couch.

„Mir schickt Herr Dietmar Blumen, Kernöl und Schokolade. Wenn du ihn siehst, könntest du ihm sagen, dass ich auch solche Fellchen mag." Tamara meint es als Bestrafung. Eine Waffenbesitzerin hat es nicht gerade leicht, wenn ihre Patrone einen Menschenkörper trifft. Weil es nicht leichter wird, wenn die Polizei protokolliert, dass ein Betrunkener mit der Tatwaffe parallele Universen testet, hat allerdings Simon noch rechtzeitig fürs offizielle Protokoll uns allen eine bessere Version der Wahrheit vorgeschlagen. Wir sollten nur von einer Performance sprechen, bei der Tamara der gemalten Lehrerin auf mein Geheiß hin ein Loch in die Stirn verpassen wollte. Damit war Tamara zwar die Täterin, aber erstens alles nur ein Versehen und zweitens die Tatwaffe in legaler Hand. Ich habe beim ersten Aufwachen zugestimmt, es bei der Einvernahme leider fast vergessen und schließlich Simon reden lassen.

„Du bleibst doch bei unserer Geschichte?"

Unglaublich. Auch Tamara kann Gedanken lesen. Entweder haben sehr viele Frauen Superkräfte oder ich habe eine Laufschrift auf der Stirn.

„Ich habe sogar unterschrieben, dass *ich* behauptet hätte, dass die Wand jede Kugel wie ein Sandsack schluckt." Das ist der Vorteil, wenn du in den Augen der Justiz quasi Künstler bist: Was bei normalen Menschen absurd und deswegen unglaubwürdig ist, wird bei *Intellektuellen* achselzuckend hingenommen.

Tamara gibt mir ein Daumen hoch.

„Seit er das Protokoll der Spurensicherung gelesen hat, ist Matthias komplett entspannt. Endlich! Wie wir alle wissen, war das nicht immer so." Eva lacht.

Sie hat aber recht. Es kann sein, dass ich im Schock die Spurensicherung zu energisch aufgefordert habe, den Gerhard Richter zu untersuchen. Eva hat ihnen seinen Wert und damit meine Reaktion erklärt. Fazit ist auf jeden Fall, dass die Experten am Richter weder rote Farbe noch Einschusslöcher gefunden haben. Es war wohl so, dass sich der Barsuglia durch den Einschlag stark bewegt und dabei auch den Richter angestoßen hat.

„Ist da noch Platz?" Lea steckt den Kopf durch die Tür und lächelt wie gewohnt.

„Du verbrauchst ja üblicher Weise nicht viel. Oder hast du heute mehr an?" Tamara. Einen Hauch zu bissig, dass es lustig klingen kann.

Lea lässt sich nicht beirren. Sie hüpft herein und zeigt mit beiden Händen lachend auf ihre lange, weiß-graue Hose. Ich bin nicht vom Fach, aber sie könnte farblich in etwa Taube sein. „Das ist ein katholisches Krankenhaus. Ich weiß, was sich gehört."

Tamara bleibt todernst. Auch Eva kommt kein Lächeln aus.

„Das ist ja mal was Neues! Das ist nicht die Lea, die wir kennen. Trotzdem schön, dass du da bist!" Von mir extrafreundlich ausgesprochen. Ich habe keine Ahnung, was mit Eva und Tamara los ist. Aber ich habe damit nichts zu tun.

„Wie kennst du mich denn, Matthias?" Lea nickt den beiden Frauen fröhlich zu und setzt sich an den Bettrand. Sie kramt in ihrem Rucksack und holt eine Ikea-Kekse-Dose raus.

„Selbstgebackene Muffins. Falls die Schmerzen gar zu lästig sind.“ Augenzwinkern. Superbreites Lächeln.

Eva schüttelt ungläubig den Kopf. „Du bringst Drogen in ein Krankenhaus?“

„Ich bin mir sicher, in diesem Krankenhaus gibt es tausende Drogen. *Das* ist keine. Das ist im Verhältnis zu dem ganzen Scheiß, der hier verabreicht wird, quasi Alternativmedizin.“

„Und du hältst es für klug, dass Matthias zusätzlich zu diesem *ganzen Krankenhaus-Scheiß* auch noch deine *Alternativmedizin* konsumiert?“ Evas Stimme kippt bei den Betonungen. Ich bin mir sicher, ihre Schüler würden jetzt wissen, dass ein Rauswurf droht.

„Matthias hat einen glatten Durchschuss. Keine Organtransplantation.“

„NOCH NICHT!“ Über 100 Dezibel. Rauswurf unvermeidlich.

Tamara macht einen Schritt nach vorne, beugt sich übers Bett zu Lea und greift nach der Dose. Lea greift ebenfalls zu und versucht Tamara die Dose zu entreißen. Eva will Lea daran hindern, indem sie mir einen Polster unterm Kopf wegzieht und in Richtung Lea schlägt.

Ich schreie.

Die Dose fällt zu Boden.

Eine Krankenpflegerin schaut zur Tür herein.

Tamara liegt quer über dem Bett auf meinen Beinen, Eva lässt die Polsterluft auf Leas Kopf entweichen und Lea krallt sich in Tamaras Oberarm.

Die Krankenpflegerin zieht sich mit einem entnervten, unbeteiligten Blick zurück. Die Tür schließt mit einem Krachen.

Ich schreie nicht mehr. Lea lässt Tamara los. Tamara kommt zurück auf ihre Seite. Eva lässt den Polster vorsichtig übers Bettzeug gleiten.

„Haben wir dir weh getan?“

„Nein, ich brülle nur zum Spaß!“ Ich brülle tatsächlich quasi nur zum Spaß. Der Scheiß wirkt. Keine Schmerzen. Das muss aber niemand wissen. Also Sarkasmus im Unterton.

Betretenes Schweigen.

„Was sollte das?“

„Niemand von uns weiß, wie Marihuana in Kombination mit deinen Medikamenten wirkt.“ Eva. Trotzig.

„Was sollte das wirklich? Was habt ihr gegen Lea?“ Ich fasse nicht, dass ich das sage. Ich habe so etwas Ähnliches zuletzt von meiner Mutter gehört. Da war ich wahrscheinlich fünf.

„Niemand hat etwas gegen Lea. Aber sie tut dir nicht gut.“ Tamara.

„Und wohl auch niemandem sonst ...“ Eva. Bedeutungsvolle Schwere in der Stimme.

Stille.

Lea schluckt. Dann tiefes Durchatmen. Danach Lächeln. „Das hat sich ja schnell herumgesprochen.“

Tamara und Eva fixieren Lea mit einem zufriedenen Ausdruck, den Quizkandidatinnen dann haben, wenn sie die Antwort schon nach dem ersten Hinweis kennen.

„Und es ist etwas ganz anderes ...“ Lea.

„Was?“ Wovon sprechen die?

„Denkst du?“ Tamara.

„Was ist etwas anderes?“

„Ich denke, ich kann das ganz gut beurteilen.“ Lea.

„Was denn?“

„Vielleicht bis du aber auch die Letzte, die das gut beurteilen kann.“ Eva.

„WAS BITTE?“ Wirklich!

„Simon und ich sind nicht mehr zusammen.“ Lea. Beifällig. Zur Erklärung. Weil der Mann im Bett so schreit.

„Simon hat Schluss gemacht.“ Eva. Zur Klarstellung. Weil man nicht sagen kann, dass man einen Unfall hatte, wenn man einen anderen totgefahren hat.

„Im Guten.“ Lea.

„HAH!“ Tamara und Eva. Offenbar wird im Guten nicht Schluss gemacht.

„Jetzt hört aber auf! Simon wird schon seine Gründe haben und uns geht das rein gar nichts an.“ Und Lea ist hier mein

Gast, sie hat Muffins mitgebracht und *ich* habe eigentlich immer Spaß mit ihr gehabt.

„Uns geht Leas Verhalten dann etwas an, wenn andere zu Schaden kommen." Eva. „Auch, wenn die anderen von ihr zu fasziniert sind, um es zu bemerken." Leise nachgeschoben. In meine Richtung nachgeschoben.

„Was soll das denn heißen?"

„Eva will wohl sagen, dass ich gefährlich bin ..." Lea. Ein bisschen affektiert. Nur ein bisschen, aber für sie ist schon das Bisschen ungewöhnlich.

„Wahrscheinlich willst du es nicht, aber du bringst andere Menschen dazu, dumme Dinge zu tun." Eva. Plötzlich fast versöhnlich. Oder mitleidvoll? Vielleicht mütterlich?

„Also hat Herr Dietmar wegen mir geschossen?" Lea.

„Du warst nicht unbeteiligt." Eva. Sie meint es ernst. *Alle kommen ins Klassenbuch, auch die, die nur dabeigestanden sind.*

„Und dann war also auch ich es, die Matthias mitsamt dem Sessel umgestoßen hat?"

„Indirekt." Tamara. Verschränkte Arme. Trotzdem fast schon sanfter Unterton.

„Und ich habe Matthias dazu gebracht, von einem Baum zu springen, im Flugzeug zu kotzen und von der Kletterwand zu fallen?"

„An allem, was im Flugzeug geschehen ist, bist du unschuldig. Aber du hast vergessen, dass Matthias deinetwegen festgenommen wurde." Eva.

„Dann war es also meine Idee, am Flughafen nach Kaninchen Ausschau zu halten." Lea.

„Du warst wieder einmal dabei!" Eva.

Ich fasse es nicht. Was passiert hier gerade?

„STOPP!" Ich muss jetzt Klartext sprechen. „Ihr tut ja gerade so, als könnte ich nicht selbst für mich Verantwortung tragen! ICH habe mich ganz alleine in das Seil fallen lassen und ICH bin vom Baum gesprungen. Und ich wurde von einer Kugel getroffen, die HERR DIETMAR abgeschossen hat und auch jeden anderen hätte treffen können!"

Drei Augenpaare sehen mich an. Drei Mal Mitleid. Nur bei Tamara schwingt ein Hauch Verachtung mit.

„ICH brauche ganz sicher NIEMANDEN, der für mich die Verantwortung übernimmt!“ Ich werde laut, notgedrungen, ich kann nicht aufstehen und aus dem Zimmer gehen.

Noch immer diese Blicke.

„WAS?“

Tamara seufzt. „Der Punkt ist: Du glaubst an explodierende Kaninchen.“

Alle nicken. Keine lacht.

Notiz: Wenn das letzte verbindendende Element deiner Freundinnen die Überzeugung ist, dass du ein Psycho bist, solltest du deinen Verstand oder deine Freundschaften hinterfragen.

Ersatzgutschein Kaninchen

Wenn dir niemand Glauben schenkt, stehen dir im Wesentlichen folgende Optionen offen:

1. Du ignorierst deine Umgebung, bist dir selbst genug und lebst damit, dass dein soziales Umfeld (vorübergehend) denkt, dass du nicht alle Tassen beisammenhast.
2. Du dekonstruierst die Ereignisse, suchst eine schlüssige Erklärung und passt dich entsprechend an.
3. Du nervst dein Umfeld so lange, bis du es überzeugt - oder du beweist, dass deine Version von Wirklichkeit der Realität entspricht.

Es liegt auf der Hand, dass für die richtig coolen Typen nur Option Eins in Frage kommt. Sie sind selbstbewusst, stark, unabhängig und geheimnisvoll. Superhelden wählen Option Eins.

Ich habe Option Drei gewählt. Zugegeben, sie hat ihre jämmerlichen Momente und führt oft zur sozialen Isolation. Trotzdem: Ich habe tatsächlich ein Kaninchen spontan in die Luft fliegen sehen. Das verpflichtet. Außerdem liegt mir das Superheldenhafte nicht. Im Gegenzug kann ich mit der Opferrolle ganz gut spielen.

Notiz: Schusswunden spielen in der Königsliga der Verletzungen. Damit bist du also quasi Superopfer – es sei denn, du bist Jäger, Krimineller oder Waffenfan.

Es sind alle gekommen: Eva, Simon, Erich, Peter, Herr Dietmar, Tamara, Petra und sogar Lea. Sie warten vor dem Clubhaus der Segelflieger, also dort, wo wir uns vor wenigen Wochen nach meinem „Gutscheinflug“ zum Grillen eingefunden haben. Alle sind mit einem Feldstecher ausgestattet. Simon, Tamara und Eva haben außerdem ein Walkie-Talkie in der Hand. Das Wetter ist gut, nichts trübt die Sicht auf das Airport-Areal.

„Danke, dass ihr heute alle da seid, obwohl ihr meine Geschichte für einen aufgelegten Schwachsinn haltet.“

Eva, Lea und Simon lächeln, Herr Dietmar nickt pflichtbewusst, Tamara verzieht keine Miene, Erich, Petra und Peter wissen nicht, wie sie dreinschauen sollen. Wie auch immer, ich bin meinen Freunden unendlich dankbar, dass sie hier sind. Vor wenigen Tagen hat es noch nicht danach ausgesehen. Tamara wollte nicht mit Herrn Dietmar, Eva nicht mit Lea, außer Simon hätte nichts dagegen, was Simon niemals hatte, Petra fand, es ist genug mit irgendwelchen Gutscheintreffen und Erich verstand nicht wieso überhaupt.

„Ich bitte euch, ein paar Stunden mit mir ernsthaft Ausschau zu halten. Es gibt hier unzählige Kaninchen, es kann überall passieren.“

„Das Gefolge steht bereit, wenn die Herrschaft zum Halali blasen lässt.“ Herr Dietmar. Das Fernglas wie ein Jagdhorn zum Mund geführt. Vergebliche Komik. Er steht nach wie vor in Ungnade. Es verzieht niemand eine Miene.

„Wenn es heute ein Kaninchen auf diesem Areal in Stücke zerreißt, dann werden wir dir die Stückchen bringen.“ Tamara. Militärisch. Ihr Blick streift Petra und Erich. Beide zeigen nickend, dass sie gehorsam sind.

„Und mindestens genauso wichtig: Wenn euch etwas auffällt, dass das Rätsel lösen könnte, dann funkt das durch und wir sehen es uns gemeinsam an.“ Eva. Sie hat hier eigentlich die Führung. Sie hat alle angerufen, sie hat über die Schule die Ferngläser organisiert und sie ist auch als Erste über ihren Schatten gesprungen und hat mit Simon geklärt, dass Lea, wenn sie will, auch weiter Teil der Gruppe ist. *Dir zu Liebe, nicht wegen Lea,* wie sie gleich darauf betonte. Auch jetzt teilt sie ein: Simon wird mit Herrn Dietmar eine Runde mit dem Segelflieger drehen. Tamara soll sich mit Erich, Petra und Peter im Norden des Geländes umsehen. Wir sollten uns den Krähenwald weiter südlich vornehmen.

„Und Lea?"

„Sie kommt mit uns." Eva erweckt den Eindruck, als wäre das ganz und gar gewöhnlich. Streit war gestern, Team Leva, alles wie zu Anfang.

Auch Lea lächelt völlig ungezwungen.

Heute ist sie ungefährlich. Frau muss das nicht begründen.

Ich trete ein Stück zurück und sehe mir die beiden skeptisch an. Eva in einem ärmellosen blauen Shirt, sportlich kurzen Hosen und weißen Sneakers. Lea im kurzen, hellen Leinenkleid und Espadrilles. Beide strahlen. Zwei wunderschöne Frauen. Ich habe sie gemeinsam erstmals am Klettersteig erlebt, dann bin ich mit Eva zusammengekommen, Lea blieb reizend, Eva ließ uns anfangs gewähren, wurde dann aber schnippisch und zuletzt beinahe feindselig gegenüber Lea. Seit einer Woche ist wieder alles anders. Eva hat sich ein paar Mal mit Simon getroffen, zwischendurch sogar mit Lea telefoniert und nicht den geringsten Widerspruch erhoben, als ich vorschlug, wieder einmal mit Lea einen Künstlerbesuch zu wagen. Ich freue mich ja, aber andererseits weiß ich nicht, was ich davon halten soll. Lea meinte zuletzt, Eva hat Simon im Visier, aber Eva meinte auch, dass Lea genau das sagen wird. Ich habe es Lea nicht erzählt, aber Lea wusste, dass Eva das von ihr vermutet. Zu viele Schichten. Als hätte das Spieglein an der Wand gegenüber noch ein Spieglein stehen. Das Ganze aber ohne böse Hexe. Zumindest Stand jetzt scheint es, als würden Eva und Lea sich prächtig amüsieren.

„Grübel nicht zu viel. Heute ist dein Tag." Eva lacht und hängt sich rechts bei mir ein.

Lea tut es ihr links gleich. „Eva hat recht. Ich spüre es auch! Wir werden heute Glück haben! Pech für ein Kaninchen zwar, aber wir werden dafür bei ihm sein und es wenn nötig rächen."

Ich nicke. Selbst wenn heute kein Kaninchen sterben muss: Der guten Laune dieser beiden Frauen kann man sich nicht entziehen. Ich spüre wie sie sich übermütig an mich drücken, meine Wunde brennend sticht und sich meine Mundwinkel dennoch wie von selbst nach außen ziehen.

Notiz: Es ist ein schweres kulturelles Manko, dass wir bei vielen guten Zeichen beinahe automatisch skeptisch sind.

„Roter Baron an Bodentruppen: Keine Einschläge im Landungsgebiet gefunden. Over."

„Tamara an Simon: Du hättest Herrn Dietmar niemals das Walkie-Talkie geben dürfen. Over."

„Roter Baron an Bodentruppe Nord: Dem Baron gibt man nicht, er nimmt sich."

So geht es schon eine Weile. Simon hatte angekündigt, dass er nur offiziell mit dem Tower funken darf, aber nichts davon erwähnt, dass er das Walkie-Talkie ausgerechnet Herrn Dietmar geben wird. Wir hoffen alle, dass zumindest Alkohol bei Sportflügen generell, also auch für Passagiere, strengstens verboten ist.

Eva, Lea und ich sind gerade dabei, das Vereinsgelände des 1. Österreichischen Fallschirmspringerclubs zu erkunden. Es wirkt alles ein bisschen kroatisch. Hohe Kiefern, darunter Feuerstellen, angemorschte Bänke, ein Boden voller Kiefernnadeln und braunen Zapfen, nur an ausgesuchten Stellen Gras. Auch das Vereinslokal macht den Eindruck, als würde hier das meiste von vielen Händen seit vielen Jahren ohne einen Plan zusammengetragen. Ein provisorisches von einem Fest zum nächsten Hanteln. Biertische, ausgetrocknete Pflanzentröge, Gasflaschen, Leergutkisten unterm Vordach, ein Feuerzeug, ausgebleichte Sonnenschirme, rostschwere Griller … Ein Paradies für Kaninchen und für Kaninchenkiller. Bei so vielen Ecken, Stapeln und Winkeln ließe sich sehr viel verstecken. Andererseits zeigt uns der Anschlag an der Vordertür, dass hier in aller Regel richtig Trubel ist. Tandemspringen, Ausbildung, Clubtreffen. Heute ist Clubausflug und nur ausnahmsweise Ruhetag.

„Fallschirmspringer sind ein Schlag wie Surfer oder Paddler. Keine Menschen, die auf Hasen schießen." Lea.

„Sehe ich auch so. Hier sieht es auch viel zu gemütlich aus. Chaotisch, aber gemütlich." Eva drängt zurück zum Schotterweg, auf dem wir entlang des Airport-Zauns hierhergekommen sind.

Ich bleibe stehen.

„Was ist denn das für ein Vorurteil? Fallschirmspringer töten keine Hasen? Weil *wer* das auch nicht tut?"

„Surfer und Paddler." Lea. Sie sagt es lachend, aber trotzdem überzeugt. „Außerdem ist das ein Vor*freispruch,* kein Vor*urteil.* Das ist leichter, weil im Grunde die meisten Menschen ohnehin keine *bösen* Menschen sind."

„Ach. Und wer wäre dann deiner Meinung nach der Typ, der ein Kaninchen explodieren lässt?"

„Ein ... Bogenschütze."

„Wie viele Bogenschützen kennst du?"

Lea zuckt grinsend mit der Schulter.

„Ein Jäger, ein Tierarzt, ein Feuerwehrmann ..." Eva.

„Tierarzt, Feuerwehrmann? Warum das?"

„Aus wissenschaftlichen Gründen der Tierarzt und als Quasi-Pyromane der Feuerwehrmann. Das liegt auf der Hand." Lea.

So weit steht es schon wieder. Eva verteidigt Lea und Lea erklärt, was Eva sagt. Ich gebe mich geschlagen.

Wir gehen weiter entlang des Flughafenzauns in Richtung Süden. Nach wenigen Schritten quert eine breite, extrem kurze Straße. Bei näherer Betrachtung ist es eigentlich keine Straße, eher eine asphaltierte Fläche, die linker Hand durch ein versperrtes Tor ein paar Meter ins Flughafengelände führt und auf unserer Seite des Zauns - ebenfalls nur für wenige Meter - in ein Waldstück, das auf einer rund zehn Meter breiten und fünfzig Meter langen Schneise eingegraben wurde und in einer vielleicht fünf Meter tiefen Sandgrube endet.

„Wofür das wohl gut ist?"

„Eine Abstellfläche für Sportflugzeuge?"

„Zu schmal."

„Das hier war früher Militärgelände …" Eva. Sie dürfte damit richtigliegen. Nach dem Vereinsgebäude mussten wir über Reste eines Zaunes steigen. Wahrscheinlich war das die Grenze zum ehemaligen Fliegerhorst und wir stehen jetzt dort, wo früher Militärgerät im Einsatz war.

„Für mich sieht das nach einer ehemaligen Sandgrube aus, in der jetzt der Grünschnitt entsorgt wird." Lea zeigt auf ein Häufchen aus bereits welkem Gras. Dahinter zeichnet sich noch ein Häufchen ab. Drei Kaninchen springen über das Gelände. Keines explodiert.

Eva greift zum Funkgerät. „Eva an Simon. Kannst du uns etwas über die Sandgrube gleich nach den Fallschirmspringern sagen?"

Krachen aus dem Funkgerät.

„Eva an Simon!"

Es kracht. Eva seufzt lautstark.

„Eva an den roten Baron. Kannst du bitte Simon fragen?"

„Roter Baron an Bodentruppe. Simon sagt, dass es jetzt einfach eine Lagerstätte ist." Lea grinst zufrieden. „Früher war es eine Schießstätte am Militärgelände. Over."

Aha! Eine Schießstätte! Deswegen wurde das Gelände leicht geneigt bis zur Sandwand eingegraben. Ein perfekter Schussfang, wenn man hier am anderen Ende den Schießstand hat.

Bedeutungsvolle Blicke.

Grübeln.

Stille.

Wieder ein Kaninchen, das entlang des Schießkanals hoppelt, uns sieht und mit einem Haken in den Wald abhaut.

„Sagt uns das etwas?" Lea.

„Hier könnte Munition liegen."

„Keine Munition der Welt explodiert nur deswegen, weil ein Kaninchen darauf herumhüpft." Tamara. Sie steht plötzlich direkt hinter uns. Mit ihr Peter, Petra und Erich. Die gesamte Bodentruppe Nord.

„Was ...?"

„Wir haben das Nordgelände abgesucht. Wiese, Schotter, Landwirtschaft. Nichts Besonderes. Und ihr habt hier einen ehemaligen Schießstand des Bundesheeres." Tamara klingt beinahe vorwurfsvoll.

„Das bringt uns nur leider nicht wirklich weiter ..."

„Das nicht, aber es ist schon einmal ein guter Anfang. Bleiben wir also hoffnungsvoll. Los, es geht weiter!" Tamara gibt mit einer Kopfbewegung die Richtung vor. Keine Widerrede. Alles setzt die Suche fort.

„Von hier aus haben wir die Hells Devils beobachtet." Lea zeigt auf ein paar Baumwipfel am Rande des Birken-/Kiefernwäldchens. „Und hier ist Matthias nach dem Krähenangriff gelandet."

Bodentruppe Nord und Eva taxieren ehrfurchtsvoll den Abstand zwischen Baumkrone und Landepunkt. In den Wipfeln sind Krähen zu hören. Mir geht ein Stich durch die Rippen.

„Und hier hast du Lea geküsst?" Tamara. Staubtrocken. Alle Blicke zu Tamara. *So etwas fragt man nicht.* Kein Blick in meine Richtung, der *Was hast du getan, Matthias?* sagt.

„Es war nur ein Spaß von mir." Lea.

„Schade, dass wir nicht dabei waren. Wir hätten sicher alle sehr gelacht." Eva. Sie lächelt, der Tonfall trotzdem bissig. „Aber wir haben das eigentlich schon begraben."

Lea sieht in die Runde. Die Blicke alle nicht sehr freundlich.

„Wer weiß, vielleicht lacht ihr ja diesmal." Lea kommt auf mich zu. Langsam. Schritt, kleine Pause, Schritt. Sie ist mir schon ganz nahe, stellt sich auf die Zehenspitzen, dreht sich zu Eva, ein schneller Schritt, ein fester Kuss auf Evas Mund. Dann ein kleiner Schritt zurück. „Du siehst ein bisschen aus wie Matthias damals."

Alles hält den Atem an.

„Ein Glück, dass ich nicht auf eine Birke steigen muss.“ Eva zeigt auf ihre Beine, die sichtlich zittern. Sie lacht dabei so herzlich, dass sogar Tamara einmal grinsen muss.

Notiz: Es braucht keinen Klimt, um zu begreifen, was ein Kuss bewirken kann.

Herr Dietmar - der „Rote Baron“ - hat uns von oben Entwarnung gegeben. Keine Motorräder vor dem *Saloon*, auch keine Menschen auf dem Geschicklichkeitsparcours gegenüber. Wir treten aus dem Wäldchen und nähern uns dem Holzverschlag auf dem schmalen Schotterweg. Das Areal ist nicht abgeschlossen, ich bin mir sicher, dass hier öfters Menschen spazieren gehen. Trotzdem habe ich ein mulmiges Gefühl. Leas Reaktion auf das Motorenbrummen und die hastige Flucht vor den Hells Devils haben bei mir ihre Spuren hinterlassen. Komisch: Ich habe sie nie gefragt, warum sie so panisch war. Mein Sturz, die Krähen, der Kuss – das alles hat sich einfach in den Vordergrund gespielt.

Es ist eine eigentümliche Anlage, die sich diese Hells Devils für ihre Treffen auserkoren haben. Es sind nicht nur die mit altem, mittlerweile fast vermorschten Holz beschlagenen Container, deren Vorbau und Terrasse an einen Saloon erinnern sollen. Die ganze Umgebung sieht trotz der Bäume wie das aufgelassene Lager eines Schrotthändlers aus. Stahlseile, Eisenträger, Absperrgitter, Schienen, Fässer, das meiste in kleinen Gruben hinter den Containern mit der Vegetation fest verwachsen. Gleich dahinter wieder zugewucherter Wald.

„Wolltest du hier etwas verstecken, wo würdest du das tun?“ Tamara. Sie hat erneut diesen Kampfblick angenommen.

„Die Frage ist wohl eher, wo du hier nichts verstecken kannst. Das ist wie ein Kaninchenbau von Menschenhand gemacht.“

„Sieh dich genau um, wenn etwas eigenartig erscheint, fällt es auf. Wir gehen nach einem Raster vor. Eva beginnt im Südteil, Matthias Südwesten, dann Lea, Petra, Peter, Erich.“

Tamara teilt das Gebiet mit ausgestreckten Armen in Sektoren ein.

Ich folge brav und sehe mir Südwesten an. Dornengestrüpp, Eisenstangen, Bierkisten, eine Buche, etwas, das vielleicht ein Campingsessel war.

„Seht auch nach oben." Tamara befehligt von der Terrasse aus.

Ich folge wieder. Über mir gibt es nur den Himmel und die Buche. Ich sehe mir die ausladende Krone der Buche an. Ich bin baff ... Da ist etwas richtig eigenartig, da fällt etwas gehörig auf. Ich rufe laut die Bodentruppen Süd und Nord.

„Wenn das kein Volltreffer ist ..." Lea. Sie ist auch beeindruckt. In der Buche, in vielleicht fünf Metern Höhe ist ein kleines Baumhaus an den Stamm gebaut. Das ist noch nicht sehr eigenartig. Eigenartig, oder eigentlich absurd, ist aber: Das Baumhaus hat ein Türchen und jemand hat an dieses Türchen ein Fell geschlagen.

„Das ist ein Kaninchenfell." Tamara spricht aus, was wir uns alle denken, aber mangels Weidwerk-Expertise für uns behalten haben.

„Du musst dir das ansehen." Eva.

Ich denke, sie meint Tamara und nicke.

„*Du* solltest dir das ansehen." Erneut Eva. Ich kann es nicht glauben. Sie meint *mich*.

„Ich habe ein Riesenpflaster am Bauch und meine Rippen sind noch nicht verheilt!" Eva bleibt ungerührt. „Und der Sprung von der Birke hat meiner Höhenangst auch nicht gutgetan."

„Es ist ein Baumhaus. Da führen Sprossen rauf. Und es geht um *deine* Kaninchen."

„Das sind keine Sprossen, das sind Holzstückchen, die jemand an den Baum genagelt hat." Warum tut Eva mir das an? Ich sehe mich hilfesuchend um. Tamara ist ausschließlich im Befehlstonmodus. Lea hat sich zu Eva gesellt und wirft mir einen *Geht schon*-Blick entgegen. „Erich, Petra, Peter! Sagt ihr auch einmal was?"

„*Du* warst am Klettersteig. *Wir* haben in der Burg auf dich gewartet." Erich tritt einen Schritt zurück. Petra und Peter machen es ihm gleich. Mitläufer! Immer dabei, aber keiner traut sich aus der Deckung ohne zu viel Alkohol.

„Eva könnte vor dir und ich hinter dir klettern. Dann kann nichts passieren." Lea. Das ist nett, das ist ein Angebot.

„Da oben ist maximal Platz für zwei." Feldwebel Tamara. Illusionszerstörerin.

„Dann musst du wohl entscheiden, wer mit dir mitkommen soll." Eva. Zuckersüß. Als ob sie darauf gewartet hätte.

Ich weiß, ich müsste Eva wählen. Aber Lea hat als erste ihre Hand gereicht und mit ihr war ich schon einmal wegen der Kaninchen hier. Anderseits ist Eva diejenige, die auf mich schaut und das mit Lea und den Bäumen hat beim letzten Mal nicht so toll geklappt. Wenn ich jetzt Eva bitte, hat aber ihr *zuckersüß* gewonnen und sie wird denken, dass ich sie nur deshalb wähle, weil sie mir mit ihrem *zuckersüß* quasi droht. Andererseits wäre Lea nur eine Trotzreaktion und ich wünsche mir dann Eva oben, weil ja keiner weiß, was es mit dem Baumhaus sonst noch auf sich hat.

Eva und Lea warten lächelnd.

Ich gehe alleine zum Baum. Es sind nur ungefähr fünf Meter, Buchen sind robust und am Baumstamm sind beinahe Sprossen angebracht.

Ich steige in die Höhe. Es geht ganz einfach. Die an den Baum geschraubten Sprossen sind so breit, dass sie über den Stamm ragen und ich sie als Griffe gut verwenden kann. Außerdem macht sich die Erfahrung im Klettersteig bezahlt: *Mit den Beinen arbeiten und* das *Becken hin zur Wand.* Es läuft wie geschmiert. Gut, dass ich keine Hilfe angenommen habe. Jetzt nur noch die Plattform auf der das kleine Häuschen steht und die wie ein Balkon vor das Baumhaus ragt. Das ist kniffelig. Von unten aus betrachtet, ist ein Balkon eigentlich ein Überhang. Unüberbrückbar, wenn du kein Seil und Bubendorfer nicht im Vorstieg hast. Ich bleibe auf der Sprosse stehen. Ich kann nicht mit der Hand an den Rand der Plattform greifen, mich nach außen schwingen und dann meinen

Körper auf die Plattform ziehen. Ich habe eine Wunde und die Rippen sind noch nicht ganz verwachsen. Ich vermute allerdings, auch nur *ein* Manko würde einem erfolgreichen Hüftaufschwung schon entgegenstehen. Die Beine „arbeiten" bereits. Es beginnt mit einem leichten Zittern und wächst sich langsam zu einem Schlagen aus.

„Über deinem Kopf ist eine Falltür. Du musst sie nur nach oben drücken." Tamara. Sie ruft es, als wären Falltüren selbstverständlich. Wahrscheinlich gehört das zur Grundausbildung, wenn man in einer Welt voller Kellerpatriarchen als Frau ein Überlebenstraining macht.

Ich stemme die Bretter über mir nach oben, eine Falltür schlägt auf und ich klettere hindurch. Zitternd setze ich mich auf die kleine Plattform und betrachte das Kaninchen. Ein schönes Fell. Wie ein Schaf, nur deutlich kleiner. Keine Spur von einem brutalen Tod. Brutal maximal die Nägel, die sich an den Ecken durch das braune Dickicht bohren. Dennoch ein Türchen mit Überraschung.

„Wie sieht es *im* Baumhaus aus?" Eva.

„Ihr werdet es nicht glauben. Abgeschlossen. Vorhängeschloss!"

„Wer schließt ein Baumhaus ab?" Lea. Das klang irgendwie gekünstelt. Oder sie ist nervös, weil sie mit den Hells Devils schon Erfahrung hat.

Apropos … „Was sagt die Luftraumüberwachung?"

„Nichts in Sicht …" Eva. „Brauchst du etwas, mit dem du das Schloss aufbrechen kannst?"

„Das ist Einbruch!"

„Das ist ein *Baumhaus*!" Eva, die Lehrerin!

„Wenn ich das Schloss aufbreche, ist das trotzdem nicht legal."

„Du redest schon wie Simon."

„Dann ist es gut, denn Simon ist auch Anwalt …"

„Simon sagt, es ist kein Problem, wenn das Schloss intakt bleibt." Tamara. Das Funkgerät in der Hand.

„Sagt das Simon oder Herr Dietmar?"

„Das sagt mein Kontakt."

Tamara glaubt doch nicht im Ernst, dass ich auf Herrn Dietmars Ratschlag höre? Außerdem: „Ich kann das Schloss schwer beschwören. Wenn das Schloss intakt ist, bleibt es geschlossen und das Baumhaus zu."

Tamara grinst. Das ist selten. Sie kramt in ihrem Rucksack, zieht ein metallenes Bündel hervor und wirft. Ich greife daneben, das Bündel beschreibt aber einen perfekten Bogen und bleibt scheppernd auf der Plattform liegen.

„Woher hast du plötzlich Dietriche?" Ich kann es nicht fassen.

„Beim letzten Mal mitgenommen. Ich habe bei Herrn Dietmar gewonnen. Und deinetwegen gab es keinen Preis."

„Dann weißt du ja, dass *ich* nicht gewonnen habe. Ich habe nach wie vor keine Ahnung, wie das funktioniert. Aber du bist herzlich eingeladen, raufzukommen und das Schloss zu knacken."

„*Deine* Kaninchenstory ..." Tamara winkt noch immer grinsend ab. „Und ich würde an deiner Stelle rasch beginnen. Die Wache steuert einen Segelflieger. Wer weiß, wie lange der noch Aufwind hat."

Das ist Evas Einfluss! Jetzt glauben alle, dass sie zu *meinem* Kaninchenrätsel nichts mehr beizutragen haben. Dabei ist sie Lehrerin. Sie darf die Gruppendynamik nicht gegen den Schwächsten wenden! Aber gut ... Ich versuche mich zu erinnern. Spanner und Haken. Der eine hält den Kern, der andere hebt die Stifte an ... Theoretisch ist das Schloss schon offen ... Wenn es nicht so winzig wäre ... Noch einmal: Der Spanner fixiert den Kern, dann einen Stift nach oben heben, noch einen, und ...KLACK. Ich kann es nicht glauben. Ich habe es geschafft!

„Es ist offen!!!"

Jubel. Die Bodentruppen applaudieren.

„Zwanzig Minuten!" Tamara zeigt auf ihre Armbanduhr und gibt mir ein Daumen hoch. Ich gebe ihn zurück, obwohl die zwanzig Minuten bei mir gefühlt nicht einmal fünf Minuten waren.

Jetzt noch rasch das Türchen öffnen und das Baumhaus inspizieren.

Komisch.

Das Baumhaus ist beinahe leer.

In der einen Ecke eine kleine Schachtel Schweitzer Kracher. Ich öffne die Schachtel. Fünf grüne Kracher. Wie in meiner Kindheit. Gelber Kopf und grüner Körper. Die Sorte, die ordentlich einen Bumser macht.

In der anderen Ecke drei Karotten. Ziemlich groß, mittelalt. Kein Karottengrün, dafür ein Loch in jeder Rübe, schön von hinten geradeaus zur Spitze hin gebohrt. Bei zwei Karotten kann man weit ins Loch rein sehen. In einer Karotte steckt ein gelber Kopf.

Notiz: Mein Po ragt aus einem kleinen Baumhaus, das als Depot für explosive Möhren dient. Es gibt Situationen, da würdest du dich nicht wundern, wenn plötzlich Tom und Jerry vor dir stehen.

„Das ergibt keinen Sinn!“

Ich habe die Karotten und die Packung mit den Krachern an mich genommen, habe das Baumhaus wieder verschlossen, wir haben die Luftüberwachung zurückbeordert und sind zur Laube bei den Segelfliegern zurückgekehrt. Simon und Herr Dietmar sind gelandet und zu uns gestoßen. Die Karotten und die Schweitzer Kracher liegen vor uns auf dem Tisch. Ich bin verwirrt. Seit einer halben Stunde denke ich nach, komme aber immer nur auf diesen einen Gedanken.

„Das ergibt keinen Sinn!“

„Vielleicht sollte man kompliziert erscheinende Sachverhalte einfach nur als das betrachten, was sie ganz offensichtlich auf den ersten Blick hin sind.“ Eva.

„Und das wäre?“

„Du hast Kaninchen gesehen, die explodieren. Jetzt finden wir Karotten, die mit Sprengstoff gefüllt sind. Es ist doch offensichtlich, dass irgendein Spinner, die Kaninchen damit füttert.“ Eva sieht mich an, als wäre ich unheimlich schwer von Begriff.

„Und die Kaninchen haben zuvor eine Reibfläche verschluckt?"

„Vielleicht hat ihre Zunge eine ähnliche Wirkung?" Lea. Sie zieht die Augenbrauen hoch, sprich: *Sieh dir die wunderbare Welt der Tiere in Universum an.*

„Als Baron der Lüfte schlage ich vor, das Rätsel mit etwas mehr Abstand zu betrachten." Herr Dietmar. Es war zu befürchten, dass ihm die Rolle des Roten Barons gefällt. „Wenn meine Lordschaft in einem Luftduell den bedauernswerten Gegner trifft, sieht das Volk die Explosion am Boden auch erst geraume Zeit später. Und dennoch war es ein präziser Schuss im schnellen Gefecht, der dafür die unheilbringende Ursache war."

„Was sagt uns das konkret?"

„Keine Ahnung. Es ist, wie gesagt, ein Rätsel. Ein Rätsel, das es erst zu lösen gilt." An dieser Stelle würde Herr Dietmar eigentlich das Glas zu einem Prost erheben. Seiner Lordschafts unpräziser Schuss war aber Ursache für ein striktes Alkoholverbot.

„Vielleicht reagiert das Schwarzpulver auch auf etwas anderes, das von Kaninchen gegessen wird." Simon.

„Wie wäre es mit scharfem Chili." Eva lacht.

„Oder das Kaninchen kommt erst zur Karotte, wenn der Kracher schon gezündet ist." Erich.

„Du meinst, dass sich die Kaninchen wie verhungert auf die Karotte stürzen, in der schon der Kracher brennt?"

Erich nickt. „Bei Tauben könnte das funktionieren … Wenn die Karotte ein Korn wäre und das Korn groß genug für einen Kracher …"

Alle nicken.

Was haben meine Freunde nur geraucht? Keiner glaubt mir, wenn ich von einem explodierenden Kaninchen erzähle, aber alle halten es für plausibel, dass sich Kaninchen instinktlos auf eine brennende Karotte stürzen. Aber das lässt sich ja ganz einfach überprüfen. Am Flughafen wimmelt es vor Kaninchen. Am Rande des Parkplatzes, wenige Meter entfernt, sitzen wieder drei von diesen Biestern. Ich reibe einen Kracher an der Schachtel, stecke ihn in eine der vorgebohrten Karotten und werfe die Karotte in ihre Richtung. Die Kaninchen springen verschreckt auseinander und flüchten Haken schlagend. Die Karotte landet, wo sie sollte. Der Kracher hat sich noch vor dem Aufschlag der Karotte aus ihrem Bauch befreit und seine eigene Flugbahn eingeschlagen. Er landet in Nähe meines Fahrrads und rollt den Asphalt entlang. Er rollt und rollt. Mein Fahrrad kann keine Haken schlagen. Der Kracher rollt und bleibt am Vorderreifen hängen. Es kracht.

Notiz: Es sollte dir zu denken geben, wenn du deinen Fahrradreifen sprengst und alle nur erleichtert sind.

Lea und Eva sind noch bei mir geblieben. Wir schieben unsere Räder. Ich habe vorgeschlagen zur Endstation „Airbase One“ zu gehen. Vielleicht pfeift der Fahrer auf die Regeln und nimmt im leeren Bus sogar ein kaputtes Fahrrad mit.

Der Rest der Truppe meinte, ihr Auftrag sei erfüllt. Wie auch immer Karotte, Kracher und Kaninchen interagieren würden, alleine die Tatsache, dass Karotte, Kracher und Kaninchenfell in einem Versteck gefunden wurden, sei ihrer Meinung nach so ungewöhnlich und unwahrscheinlich gewesen, dass es absurd wäre, sie nicht mit dem Auftreten von explodierenden Kaninchen in Zusammenhang zu bringen. Mein Verstand sei rehabilitiert, man habe nicht einmal das erwarten können, wer mehr wolle, müsse letztendlich die Hells Devils zur Rede stellen und im Vergleich zu dem, was einem als Einbrecher (Simon) dort blühe, sei mein leicht beschädigtes Fahrrad mit Sicherheit ein ausgesprochen mildes Omen gewesen.

Ich bin noch nicht zufrieden. Aber meine Rippen schmerzen vom Karottenwurf, die Schusswunde brennt und sogar die Narben an Hinterkopf und Knie fangen wieder einmal zu jucken an. Es ist an der Zeit aufzugeben. Am Ende ist es nicht gut. Wenn es gut ist, ist es meistens mittendrin. Das Ende ist es nicht.

„Die Karotte war noch da, als wir weggegangen sind.“

„Vielleicht sind nicht alle Kaninchen gleich. Wahrscheinlich gibt es auch dort Abenteurer und Vorsichtige. Und welche mit Heißhunger und andere, die wenig Appetit haben. Offenbar war diesmal kein heißhungriger Abenteurer dabei." Lea. Heute hat offenbar jede und jeder für alles eine Erklärung.

„Welche Art Kaninchen wärst wohl du?" Eva.

„Ich denke das liegt auf der Hand. Hungrig, aber vorsichtig. Eine schlechte Kombi."

„Vorsichtig also ... Darauf hätte ich auch getippt." Eva. Nachdenklich. Nicht auf eine gute Art. Eher wie eine Hexe, die ihre Ränke plant.

„Heute hast du diesen Eindruck nicht auf uns gemacht." Lea. Lachen. Augenzwinkern. „Klettern, Einbruch, Handgranotten werfen ..."

„Dabei haben wir dir Hilfe angeboten ..." Eva. Kein Lächeln bei den Handgranotten. Dafür noch immer dieser Unterton. „Warum hat der vorsichtige Rammler von den Kaninchen keine Hilfe angenommen?"

Eva bleibt stehen. Ich schiebe weiter. Lea schiebt noch ein Stück, stoppt und macht einen Schritt zurück. Auch ich bleibe seufzend stehen.

„Ach. Ich erinnere mich. Er hätte ja die Hilfe nur von *einem* Kaninchen bekommen. Könnte es sein, dass der vorsichtige Rammler Angst davor hatte, sich für eines der Kaninchen zu entscheiden. So sehr Angst, dass er sogar scheinbar mutig einsam seine Wege ging?" Eva. Hexe durch und durch.

Ich seufze wieder. Ich weiß, ich kann dieses Match nicht gewinnen. Eva lächelt während ihre Augen stechen und Lea wirkt ein bisschen, als hätte Eva ihr ein Kompliment gemacht. Wenn mein Fahrrad keinen Patschen hätte, würde ich auf das Fahrrad springen und in die Pedale treten.

„Ist es so schwer für dich, zwischen Lea und mir zu entscheiden?" Eva. Sie bleibt auch jetzt noch freundlich.

„Diese Frage stellt sich nicht." Ich sage es ganz leise. Ich weiß auch nicht, was ich damit meine. Sie stellt sich *mir* nicht? Sie stellt sich objektiv nicht, weil die Entscheidung keiner für sich alleine trifft? Sie hat sich mir noch nicht gestellt?

„Wenn du noch lange so weitermachst, hast du wahrscheinlich recht." Eva. Auch ganz leise. Sie presst die Lippen zusammen. Ein Nasenflügel zuckt. In den Augen ein bisschen Leid, ein bisschen Strenge, ein bisschen Mitleid. Lea tritt noch einen Schritt zurück und nimmt Evas Hand.

„Uns gibt es leider nur als Kumpels auch zu zweit." Lea.

Eva lächelt.

Ich schiebe mein Fahrrad voran. Eva und Lea bleiben dahinter. Kein Dreigespann. Sie unterhalten sich die allermeiste Zeit. Der Fluglärm verhindert, dass ich mehr als ein paar Brocken verstehen kann.

Ich bin überfordert. Eva und Lea sind beide unglaubliche Frauen. Ich weiß auch gar nicht, was sie von mir wollen? Heißt *ent-scheiden* auf der einen Seite, auf der anderen auch *scheiden*? Was soll *Uns gibt es nur als Kumpels zu zweit* bedeuten? Heißt es nur, dass wir kein Dreigespann der Liebe sind oder heißt es auch, dass es beide nur unter der Bedingung gibt, dass *beide* bloße Kumpels sind? Und was erwarten sie jetzt? Dass ich mich umdrehe und auf eine zeige? Das ist absurd. Außerdem kann ich mich nicht ent-scheiden. Ich bin ein Schicksalsmensch. Soll mir doch das Schicksal zeigen, wie es weitergeht. Ich bin auch in Evas Bett quasi nur gefallen. Von der Kletterwand gestürzt und dort gelandet. Vielleicht waren die explodierenden Kaninchen ebenso nur ein Wink und ich bin zu dumm, um ihn zu sehen. Wenn Eva *oder* Lea es auch erlebt hätten, wäre die Sache schicksalsmäßig klar. Das explodierende Kaninchen quasi als gemeinsamer Anker. *Wir haben keine Kinder, wir haben dafür beide dieselbe traumatische Erfahrung.* Mehr sollte man dazu dann auch nicht sagen. Vielleicht passiert es auch noch. Vielleicht liegen ja noch irgendwo gefüllte Karotten, die nur darauf warten, von Abenteurern zernagt zu werden. Das Kaninchen müsste allerdings direkt auf den Schneidezähnen die Reibfläche haben. Wer kommt denn auf so etwas? Und wer versteckt sein Mordinstrument und nagelt auf die Tür des Verstecks eines seiner Opfer?

Wir kommen wieder an der Stelle vorbei, an der ich nach dem Krähenangriff gelandet bin. Da liegt sogar noch ein Tuch mit getrocknetem Blut. Schade, dass ich mich so gar nicht erinnern kann. War sicher ein Riesenwirbel.

„Wie haben eigentlich die Hells Devils reagiert, als plötzlich die Rettung angekommen ist?"

Lea stockt. Ich habe sie und Eva unterbrochen. Wahrscheinlich haben sich die beiden auch erwartet, dass der da vorne nur mehr bedeutungsschwere Dinge sagt.

„Die waren plötzlich weg ..."

„Die waren ja gerade erst angekommen?"

Lea will etwas sagen, aber ihr fehlen die Worte. Das sehe ich das erste Mal.

„Die haben sicher auch meinen Aufprall gehört und du hast ja hoffentlich auch erste Hilfe geleistet? Das müssen die doch mitbekommen haben?" Wir sind vom *Saloon* vielleicht hundert Meter entfernt. Dazwischen ein offenes Feld. Da bleibt ein Notfall mit allem drumherum doch nicht unbemerkt!

Lea wird rot.

Lea wird rot!

„Vielleicht hat auch der eine oder andere etwas am Rande mitbekommen ..."

„Etwas am Rande ...?"

„Na gut ... Sie waren da, sie haben mitgeholfen. Sie sind verschwunden, sobald die Rettung da war. Sie haben schlechte Erfahrung als Zeugen bei Unfällen mit Personenschäden."

„Und was war mit dir? Du wolltest dich ja unbedingt verstecken?"

„Ich war auch einmal Zeugin. Aber wie ich dank dir nun weiß, war der Typ nicht nur in meinen Augen ein Arsch, sondern das sehen mittlerweile alle so. Keiner will mir Böses. Alles vergessen und vergeben." Lea lächelt und geht weiter. Eva an ihrer Seite.

„Und was war mit den Waffen und den schwarzen Kugeln?"

„Die Waffen sind quasi Accessoires und die Kugeln waren angeblich Lakritze, ich vermute aber sie waren etwas für den Magen. Alles jedenfalls im grünen Bereich. Kein Problem."

Ich bleibe stehen.

„Wenn mit den Hells Devils wieder alles gut ist, warum sind wir dann dort eingebrochen?"

Lea und Eva gehen weiter.

„Wir hätten einfach mit ihnen reden können …" Und sie zum Beispiel fragen, weshalb sie Karotten und eine Handvoll Kracher in einem Baumhaus verstecken, obwohl sie einen Saloon und mehrere Container haben. „Das Kaninchenfell, die Nägel, das Schloss - alles war ganz neu!" Warum fällt mir das jetzt erst auf? Alles andere dort war alt und halb verrottet. Nur das Fellchen an der Tür war einwandfrei, die Nägel waren nicht einmal angerostet. „Das Schloss war sicher so präpariert, dass es auch der größte Idiot aufbekommen kann. Tamara hatte nicht zufällig einen Dietrich dabei. *Alle* haben es gewusst! Deshalb habt ihr mich auch *alle* in Richtung des Baumhauses gedrängt!" Meine Stimme überschlägt sich. Ich bin so ein Idiot!!! Sprengstoff in Karotten! Darauf kann eigentlich nur Lea kommen. Und die Idee, mich auf den Baum klettern und das Schloss öffnen zu lassen, kommt sicher von der Lehrerin. *Damit er sieht, was man mit unseren Gutscheinen fürs Leben lernt …*

„Wir wollten nur, dass du dich nicht verrennst." Eva.

„Ihr habt mir nie geglaubt, oder?"

„Kein Mensch hat je Kaninchen explodieren gesehen. Das gibt es nicht einmal auf Youtube." Lea.

Ich könnte schreien. Was ist das für eine Welt? Selbst die beiden, die sich gerade noch vorstellen konnten, mit mir zusammen zu sein, halten mich für komplett verrückt!

„Oder war das auch noch gelogen?"

„Was meinst du?" Eva. Sie wirkt ernst.

„Du weißt, was ich meine! *Du musst dich entscheiden …* Dabei habt ihr euch schon längst entschieden: Ich habe einen Vogel …" Am Flughafengelände hinter mir startet eine Maschine. Ein Höllenlärm. Ich schreie trotzdem weiter. „Das

Lustige ist: Ich habe mir gerade noch gedacht, dass die von euch zu mir passen würde, die auch so einen Vogel hat. Aber wenn nicht einmal auf Youtube Kaninchen ungewöhnlich sterben, dann ist das Urteil wohl gefällt. Nur einer hat einen Vogel und dieser eine …“

Eva und Lea hören mich nicht. Ein Höllenlärm. Aber das ist es nicht. Sie sind wie erstarrt. Die Augen aufgerissen. Geschockt. Fassungslos.

Ich schmunzle.

Ich weiß, was sie gesehen haben.

Notiz: Wenn du an das Schicksal eine Frage hast, kommt die dumme Antwort manchmal prompt.

Epilog

Gruppeninspektor Schneider flucht. Er war zu sehr auf das Flugfeld konzentriert gewesen. Die Vorfreude. Und jetzt sind wieder Zivilisten involviert. Er muss künftig besser aufpassen. Ehe man es sich versieht, filmt einer mit und lädt alles auf Facebook oder Youtube hoch. Dabei hat es sich schon so gut eingespielt. Und der alte Schießstand ist definitiv Geschichte. Was das Bundesheer verkauft, siehst du nie mehr wieder. Das waren noch Zeiten. Keinen interessierte eine Ministeriumsmeinung. Die Kameraden in grün sind dann und wann privat geflogen, die Kameraden in blau haben am Fliegerhorst trainiert. Und gemeinsam wurde angestoßen. Und dann kam einer auf die Idee mit den Kaninchen. Anfangs nur am Schießstand. Die Biester waren überall und hatten sich auch im Schussfang eingegraben. Das war fast wie whack a mole. Du wusstest nie, aus welchem Loch sie als nächstes schauen. Der Nachteil war, dass Kaninchen, die in ihrem Loch verwesen, stinken wie ein Eimer alter Fische. Also wurde optimiert und nur mehr abgeknallt, was aus dem Loch heraussen war. Doch auch hier ein Nachteil: Die Dienstfahrten zur TKV waren bald schon tägliche Routine und es war für alle abzusehen, dass das einer dort verdächtig findet. Dann trat (damals noch) Revierinspektor Schneider seinen Dienst an und zeigte allen, was ein größeres Kaliber kann. 7,62 Hohlspitze. Im Kopf versenkt hatte es die wunderbare Wirkung, dass sich die Kaninchen mundgerecht verteilten und die Krähen in kurzer Zeit alles aufgesammelt hatten. Die Kameradinnen und Kameraden waren glücklich, der Höhepunkt des Fortschritts schien erreicht. Und dann kam die Schließung und das gesamte Militärgelände fiel in private Hand. Schluss mit der Kameradschaft. Schluss mit den Gelagen. Und natürlich auch Schluss mit den Schießstandtreffen. Es drohte jahrelanger Dienst nach Vorschrift, wenn nicht einer - und alle hofften auf (mittlerweile) Gruppeninspektor Schneider - eine Lösung finden würde. Er suchte nicht sehr lange. Keiner weiß genau warum, aber zu des Gruppeninspektors Glück war die außer Betrieb gestellte Radarstation am ehemaligen Militärgelände im staatlichen Besitz geblieben. Und obwohl umzäunt und alarmgesichert muss die Airport-Polizei auch dort immer wieder nach dem Rechten sehen. Zwei Stock hoch, menschenleer, ein großes Flachdach, knapp hundert Meter zum Flughafengelände, rund fünfhundert Meter bis zur ersten Landebahn, in der Nachbarschaft nur die Rockertruppe und der Puch-G-Vergnügungspark. Gruppeninspektor Schneider war von Anfang an klar, dass besonders dieses Flachdach mehr als nur den Regen abwehren kann. In dieses Eck des Flughafens verliefen sich fast niemals Leute. Hier ist das Revier der Tikka T3x TACT A1. Die Jagd beginnt um 6.oo Uhr morgens und endet kurz vor Mitternacht. Schalldämpfer obligatorisch. Ein Schuss ist trotzdem nur dann erlaubt, wenn ein Großer startet und der Fluglärm alles übertönt. Es ist eigentlich idiotensicher. Und wenn doch einmal einer etwas gesehen haben wollte, dann wurde so lange polizeilich amtsgehandelt bis die Kaninchenfrage den Weg verlässlich in die Rundablage fand.

Diesmal ist es nicht nur einer. Mindestens zwei, vielleicht sogar drei Zivilisten, die heftig gestikulieren. Gruppeninspektor Schneider verfolgt sie im Zielfernrohr. Einmal den Abzug drücken und ... Der Gruppeninspektor denkt nicht weiter. Er ist Polizist und zum Schutz der Menschen da. Außerdem ist schon der Einsatzwagen mit der Kollegin Revierinspektor und dem Kollegen Inspektor vorgefahren.

Kollegin Revierinspektor Holm wird die Angelegenheit wie hundertfach trainiert nach Plan Berta klären. Er war ihnen nach den Drohnenangriffen auf London-Gatwick eingefallen und sie haben es im Bekanntenkreis probiert. Es ist erstaunlich, wie viele Menschen glauben, dass der Flughafen Graz ein Drohnenabwehrsystem im Einsatz hat, zumindest wenn diese *streng geheime Information* von Menschen in Uniform nach und nach in kleinen Häppchen kommt. Sind die Häppchen erst einmal verdaut, ist es ein Leichtes den Abschuss der Kaninchen als Detektionsversagen abzutun. Niemand glaubt, dass jemand in Österreich ein staatliches System ohne grobe Mängel baut.

Gruppeninspektor Schneider ist zufrieden. Schenkt man dem Bericht der Kollegin Bezirksinspektor Holm Glauben - und es gibt keinen Grund, das nicht zu tun -, so gelang es ausgesprochen schnell, die drei Zivilisten auf die Geschichte einzuschwören. Angeblich seien sie geradezu erleichtert und sogar dankbar gewesen, als sie von dem technisch bedingten Tod des Kaninchens erfuhren. Gruppeninspektor Schneider muss nun doch schmunzeln. Die Kollegin Revierinspektor Holm übertreibt beizeiten. Er muss ihr bei Gelegenheit noch zu verstehen geben, dass man vielleicht für den Tod eines Wolfs *dankbar* ist. Ein Kaninchen stirbt aber unbedankt, er schmunzelt wieder, und auch unbeobachtet, so Gott will.

Herzlichen Dank …

an meine Testleserinnen und Testleser für ihre Kommentare, Hinweise und Korrekturen.

Ein riesengroßes Dankeschön an die Gestalterin des wunderbaren Umschlags Sie bleibt wie der Murvogel anonym, ist aber wie ich unter martin.murvogel@gmail.com erreichbar.

Bitte, bitte, bitte …

bewerte das Buch auf Amazon. Über eine Rezension würde ich mich besonders freuen. Es gibt übrigens noch weitere Romane von Martin Murvogel: die Liebeskomödie BETON und den Zukunftsroman RAUSCHEN. Bitte wirf auch dort einen Blick hinein.

Und …

falls dir die Orte der Handlung bekannt vorgekommen sind: Das ist kein Zufall. Es ist stimmt auch, dass sich rund um den Flughafen Graz Hunderte von Kaninchen tummelten. Leider starben 2022 die meisten an einer Seuche (RHD), sodass es momentan nur noch wenige sind. Allerdings vermehren sich Kaninchen schnell.

Abgesehen davon ist alles frei erfunden.

Printed in Poland
by Amazon Fulfillment
Poland Sp. z o.o., Wrocław

33274111R00083